朱海珍 ⊙ 著
Zhu HaiZhen

以平实质朴的语言、沉稳节制的叙述和平行于生活又高于生活的立意，以个体生活感知、碎片化事件感悟，结合宏观叙事视野，塑造出一个个鲜活而立体的形象。

奇迹

—QIJI—

山西出版传媒集团
山西人民出版社

图书在版编目（CIP）数据

奇迹 / 朱海珍著． — 太原：山西人民出版社，2023．
ISBN 978 - 7 - 203 - 12994 - 3

Ⅰ.①奇⋯ Ⅱ.①朱⋯ Ⅲ.①小小说 - 小说集 - 中国—当代
Ⅳ.①I247.82

中国国家版本馆 CIP 数据核字（2023）第 158833 号

奇　迹

著　　者：朱海珍
责任编辑：郝文霞
复　　审：刘小玲
终　　审：贺　权
装帧设计：和衷文化

出 版 者：	山西出版传媒集团·山西人民出版社
地　　址：	太原市建设南路 21 号
邮　　编：	030012
发行营销：	0351 - 4922220　4955996　4956039　4922127（传真）
天猫官网：	https://sxrmcbs.tmall.com　电话：0351 - 4922159
E — mail：	sxskcb@163.com　发行部
	sxskcb@126.com　总编室
网　　址：	www.sxskcb.com
经 销 者：	山西出版传媒集团·山西人民出版社
承 印 厂：	北京建宏印刷有限公司
开　　本：	880mm×1230mm　1/32
印　　张：	6.25
字　　数：	151 千字
版　　次：	2023 年 8 月第 1 版
印　　次：	2023 年 8 月第 1 次印刷
书　　号：	ISBN 978 - 7 - 203 - 12994 - 3
定　　价：	68.00 元

如有印装质量问题请与本社联系调换

序：文学就是一场马拉松

周　娴

　　职场人士爱好文学是一件很有意义的事情。我身边有很多朋友，他们在自己的工作岗位上表现得很出色，业余时间再写写文章，生活精致又充实。文学，是世俗中的另一扇窗户，是生活中的另一片田园，只要勤耕耘，就一定会有收获。文学，也是放飞心灵的场所，只要够浪漫，就能收获欢声笑语。现在是自媒体层出不穷的时代，人人都可以用文字抒写情怀，比如以诗歌言志，以散文抒情，以小说济世。最难能可贵的是把寂寞当成享受，把孤独当成解药。一个人面对电脑，沉醉于自己的世界，所有的不快如涓涓细流，跟随流淌的文字烟消云散。

　　世事洞明皆学问，人情练达即文章。朱海珍是一个很有才气的女子，由她的文字可见一斑。她的本职工作是医院的医生，但因为爱好文学，她的业余时间大多用在了写作上。坚持，是最好的老师，持之以恒的努力，如尘埃里开出的花朵，让人惊诧与叹服。因为空间距离渐远，我们见面的时间并不多，多数时候，她会在网上给我留言。记得几年前，她懊恼平时工作太忙，写作的时间太少，而孩子太小，也让她分身乏术。小说写了开头，不得不放下，几天后有时间了，已经忘了后面该怎么写，又得从头开始阅读。

朱海珍所经历的事情,我也曾经历过。小说的故事性和连贯性,与诗歌、散文有着本质的区别。能够一气呵成地写小说,当然是幸事,但中间停顿,也不一定是坏事。曹公写《红楼梦》用了十年时间,然后反反复复修改了五六次,可见好文章是改出来的。阅读文章的次数越多,对写作者来说收获就越大。看文章的时间与地点不一样,脑子里的想法也会随之变化。再圆满的故事总会有漏洞,读多了,对文章的取舍也更有想法。这次交谈,朱海珍听进去了,而且把以前未完成的文章捡起来再写,她告诉我,感觉自己又有了新的想法。

对于以写作为职业的人来说,写文章是一件极为平常的事情。我佩服那些既能在本职工作中做出成绩,又能坚持在文学的沙场上驰骋之人。对于一名职场女性来说,我知道写小说的难度,多数时候,我会鼓励她们写散文与诗歌,因为字数少的文章来得快一些,不会占用自己多少时间。而小说创作,有时候就是一个体力活,特别是写中长篇,简直就是文字的搬运工。

朱海珍这几年写了不少小说,作品散见于《武汉作家》《幸福》《都市小说》等刊物。其中几篇我认真看过,譬如《二胎》,当年,这篇文章写出来后正赶上国家放开二孩政策之时,她发给我看,我认为还不错,先发表在《问津文艺》,后推荐到《武汉作家》发表。她收到样书后很高兴,专门给我留言表示感谢。

《现代病》也是一篇不错的小说,文笔细腻,情节紧凑,把现代人错综复杂的情感展现得很到位,还对现代年轻人离不开网络的众生相,一一进行了刻画。

爱好文学之人,都面临投稿难的问题。朱海珍说,之前因为没有地方投稿,所以写文章的动力不足。后来经我推荐,她的文章渐渐走出本土文学的圈子，走向更高的平台。这几年，她的写作是有所突破的，不仅表现在产量的大幅增加上，而且她的文字越来越老到。无论是开篇布局，还是故事的结尾，水平都比之前有所提升。

新洲区作协成立五年有余，朱海珍是我看着成长起来的小说作者。她积极参加作协的各项活动，由这点可以看出文学在她心中的分量很重。我对她说得最多的一句话是：文学就是一场马拉松，坚持到最后才是胜利。

现在我把这句话再说一次！在未来的日子里，期待朱海珍写出更多优秀的小说！走上更加广阔的写作平台！

是为序。

周　娴

女，中国作家协会会员，武汉市新洲区作家协会主席。

目 录

现代病 / 001

幺　妹 / 008

奇　迹 / 021

离奇之死 / 026

二　胎 / 029

一个人的恋情 / 039

世界末日 / 042

肺炎时期的爱情 / 049

桃　园 / 060

魔　玉 / 090

拯　救 / 108

6床和7床 / 115

爱情瞎了眼 / 119

梦中的婚礼 / 122

留守女人蔡花 / 134

魂归何处 / 139

鲤鱼跳龙门 / 153

警察与骗子 / 177

一切皆有可能 / 181

后　记 / 189

现代病

在孟芸的婚姻词典里,她对某些词汇有自己独特的见解,所谓"出嫁",只要将这个"嫁"字拆开,便一目了然,即(出)"女""家"——走出女孩家;还有这个婚姻的"婚"字,"女""昏",这结婚,不就代表女子发昏吗?想想看,中国的汉字是多么奥妙无穷啊!

孟芸婚前可没有琢磨过婚姻这回事,等她最近琢磨透了其间的奥秘,脑子里就只有一个念头,那就是与那只可恶的"臭蜘蛛"马上离婚。"蜘蛛"是她赠予老公的美名,她老公陈风一天到晚"趴"在网上,如同一只勤勉的蜘蛛,故美其名曰"蜘蛛"。离婚的理由说出来,连她自己都觉得荒谬不已。她觉得他们的婚姻中出现了一个可怕的"情敌",这个"情敌"不是别人,正是被老公日夜捧在手心里的苹果6S小姐。

孟芸早在结婚前夕就萌生了与陈风撇清关系的念头,可她架不住陈风的死缠烂打,未能及时了断这段孽缘。直到结婚的请柬都发出去了,她还在期期艾艾地嘀咕:"奶奶,这个婚我还是不结了,没意思!"奶奶深深地叹了口气,嗔责道:"芸儿,你当初不是说,好的男孩子都被别人抢光了,只有他这样的了吗?"爸爸也在一边帮腔:"现在请柬都发出去了,如果取消婚礼你让我的老脸往哪搁！我当初就说，陈风这伢不抹不赌，一筒烂藕。你自己没有脑筋，还当那是他的优点。"奶奶老眼昏花、爸爸憨厚糊涂，孟芸那会儿突然强烈地思念起王博，如果他知道了，一定有办法解救自己，帮她摆脱困境。想着想着，孟芸眼眶里溢满了泪水。

　　如今回想起来，她当初到底是怎样结的婚，连她自己都觉得迷糊、冤枉得很。现如今他们的婚姻已维系了十年，十年啦！多么漫长的一段岁月，每每想到这一点，孟芸就不得不佩服自己的忍耐力，并由衷地感叹，这真是发生在自己身上的一个最大的奇迹。

　　孟芸是一个土生土长的乡下丫头，身材瘦小，长得小鼻子小眼，总之，很为地球节省空间。大学期间，孟芸一直是学校的风云人物。她不光专业知识过硬，还痴迷于诗歌创作。当同寝室的小姐妹还在抱着琼瑶、席娟的言情小说如痴如醉之时，她已开始写诗。寝室姐妹的床头贴满了香港"四大天王"的海报，孟芸也将自己的偶像粘贴在床头——一张是居里夫人的头像，另一张是林徽因的半身像。为了得到这两件宝贝，她还花了不少心思。由于市面上买不到她们的贴画，于是，孟芸就将《居里夫人传》以及《中国第一才女——林徽因》这两本传记里面的图片复印下来，因为只有书本大小，而且是黑白的，所以看上去很是寒酸，也受到不少嘲弄，可孟芸却爱如珍宝。孟芸虽是一个理科生，却很有文学天赋，校刊上时有她的大作出现，她还先后在报纸、杂志上发表了十余首得意之作。一时间，她成为校园一颗璀璨的新星。在日常生活中，她不光很快养成了早晚刷牙的好习惯，而且经常洗头、洗澡，浑身上下清爽、整洁，自己的小床也是收拾得井井有条。她还经常主动打扫寝室，让寝室的姐妹又嫉恨又爱怜。

　　参加工作以后,好学与勤勉使她很快赢得同事的喜欢,有不少年轻的男同事围着她打转。可那时,她心里藏着一个美丽的秘密——她有一个通信多年的帅气笔友。她与那位笔友相逢在四月樱花飘飞的日子里。那天,班主任组织全班同学到武汉大学看樱花,他是武汉大学安排的学生导游。一听说他是中文系的,能背诵《红楼梦》,孟芸一下子对他钦佩得五体投地。回校以后,孟芸鼓足勇气给他写了一封信。从寄信的那一刻起,孟芸的胸口就像钻进了一个不安分的小鬼,搅得她心神不宁、浮想联翩。她一会儿担心这个叫王博的武汉大学的高才生会不会准确无误地收到她的来信;一会儿又忧虑他看到自己的来信以后,会不会认为自己很无聊,而不给自己回信……孟芸那几天有事没事总喜欢往收发室跑,一天,她终于在厚厚的一叠信中,找寻到自己期盼已久的那一封。她"啊"的一声欢呼着冲出收发室,狂奔到校园里一个僻静的角落,小心翼翼地拆开信封,生怕破坏信封的完整性。好不容易将信封打开,她两颊绯红、心花怒放,将信看了一遍又一遍。短短三百字左右的回信,在她眼里,无异于一首美丽而浪漫的散文诗,让她久久沉醉。看信时,一首激情荡漾的抒情诗不由得在她的脑海里盘桓,她回到寝室,奋笔疾书,将她的情愫尽情宣泄于笔端。那一晚,她将王博的回信偷偷藏在枕头底下,甜蜜地枕着它入眠。自从一时冲动寄出那封信以来,她一连好几天没有睡安稳,这一晚,她睡得分外香甜。

　　春去秋来,一晃三载,孟芸与王博飞鸽传书、乐此不疲,似乎忘却了时光的流逝。一张毕业证书、一纸派遣证,将孟芸打回原形,她必须回到她渴望逃离的那个小县城就业,而王博也得回海南老家。离别的愁绪化作几滴酸楚的泪水,打湿孟芸粉红的信笺。她与王博的信已装满整整一纸盒,离别在即,哀伤的诗句常在她心头萦绕:"云中谁寄锦书来?雁字回时,月满西楼。花自飘零水自流,一种相思,两处闲愁……"也不知从何时起,他们之间的通信变得稀疏,王博的音容笑貌在孟芸脑海里也变得模糊不清,后来……后来的后来,多年默默无闻替他俩劳累奔波的信鸽或许是累了、乏了,渐渐罢了工。

面对这样一种无言的结局,孟芸久久不能释怀,她也对爱情失去了信心与期盼,如果要用几句话来概括,那就是:一个女人恋上了一个男人,这个男人后来又爱上了另一个女人,从此女人的心冷了,便和一个随便找上门来的男人结了婚。这个随便找上门来的男人就是陈风。既然王博只有一个,那么嫁给谁又有什么关系呢?

可残酷的现实告诉孟芸,人与人之间是有差别的,而且太有差别了,这个差别大得让孟芸抓狂。孟芸心中渐渐滋生出一股强大的恶流,让她在吃饭的时候无数次想一把抓起汤碗扣在臭蜘蛛的头上……当然,孟芸的这种仇视与冲动,蜘蛛浑然不觉,他早已沉浸在那个热闹的网游世界里,日夜厮杀得不亦乐乎。孟芸也早已不愿去理会他什么时候吃饭、什么时候睡觉,在孟芸的眼里,蜘蛛早已是一个废人,而他们的婚姻无异于一具早已腐朽的尸体,没有一点生机与活力。

蜘蛛原本在区某高中当会计,可他太痴迷于网游,以至于影响了工作,于是,学校投其所好,让他管理微机室。蜘蛛在微机室如鱼得水,常常待在里面,忘了下班的时间。面对孟芸的不满与埋怨,蜘蛛充耳不闻。婚后两年,迫于各种压力,他俩去医院查不孕的缘由。孟芸一切正常,蜘蛛的精子活性程度不高,百分之七十都是死精子,也就是说,种子不行,平日里做的都是无用功。孟芸在心里认定,蜘蛛的不孕症与电脑的辐射有很大的关联。医生的诊断大大打击了蜘蛛作为一个男人的豪情壮志,孟芸也很沮丧,原本还想早点要个孩子,给他俩无趣味的婚姻生活加一点作料,哪知,如今连这个小小的梦也破灭了。孟芸心绪难平,言行中不免透着一股怨气,她常常冲着一回家就玩网游、根本不愿搭理自己的臭蜘蛛恶狠狠地说,你说我找个男人有什么用!既不干家务,又不懂得关心人,如今好了,连金口都免开了;你说我是不是疯了,找了你这么个死人结婚。也怪我当初瞎了眼,不过,你当初为什么要缠着我?如今哄到了手,就这样对我……孟芸这边义愤填膺,蜘蛛那边稳如泰山、岿然不动。

长期心情郁闷以至于内分泌失调,孟芸光滑、白净的脸庞慢慢爬上了一些大大小小的芝麻点,还有那恼人的痛经更是让她苦不堪言。一日,那可恶的"大姨妈"又来添乱,孟芸下腹疼痛难忍,就喊蜘蛛给她泡一杯红糖水。蜘蛛在书房里正玩得昏天黑地,哪里还顾得上搭理她。孟芸心中的怒气如同火山爆发,她一股脑儿翻下床,拿起晾衣架冲到书房,对着电脑一阵猛砸,顿时一声巨响,火光四溅,电脑瞬间黑屏……蜘蛛大叫,怎么啦?你疯了?为什么要砸电脑?电脑又没招惹你,你找死啊!电脑要爆炸了……并慌乱拔下插头,企图用手臂去遮挡,孟芸哪里还会理会他,晾衣架狠狠地落在蜘蛛的手臂上,蜘蛛"啊"的一声大叫,猛地一把将孟芸推倒在地,孟芸尖叫着扑上去与蜘蛛厮打在一起。蜘蛛也是真动了怒,他冲孟芸吼道,无缘无故发疯砸电脑,不想过就别过了!并狠狠踢了她几脚。孟芸万念俱灰,瘫软在地,大声哭喊道,你这个死人,老娘肚子痛喊半天,你不理。蜘蛛没好气地说,有病你不晓得自己买药吃,喊我有什么用?神经病!听了他的混账话,孟芸感到如同有一块巨大的冰石堵塞在胸口，让她寒彻入骨，连呼吸都困难。她挣扎着回到卧室，将房门关得紧紧的。也不知过了多久，她起床上卫生间，见书房门紧闭，里面隐约传来厮杀声。傍晚时分，书房门依然紧闭，只是餐桌上多了几盒方便面。孟芸感到绝望透顶，她昏昏沉沉地躺在床上，泪水无声地滑落……

她在脑海里无数次地设想，如果当初她与王博都留在武汉，又会怎样？可生活没有如果。第二天起床时，她感到口干舌燥、头昏眼花，喝了几口温开水后，冲虚掩的书房门恶狠狠地嚷道，走走走，到民政局把证换了，早散伙早好，还彼此一个清静。蜘蛛看也不看她一眼，扔下一句，神经病！放着好日子不过！便甩门而去。

孟芸气得恨不能撞墙，便请假在家休息。接下来的日子，蜘蛛一回家就躲进书房，来个死不应战。这样的僵局一直持续了近三个月，蜘蛛似乎很享受这种清静，电脑坏了，就每天抱着他心爱的"苹果小姐"，一刻也舍不得放手。

孟芸感觉如同烈焰焚胸，几近爆炸，她一有空就跑民政局，可他们每次的答复都一样：必须夫妻双方到场。她不依不饶，又跑法院，可法院的传票蜘蛛也全然不理会，最终，招来了小区调解人员。调解人员说得可真轻巧，两人又年轻，工作单位又好，有什么矛盾两人各退一步，海阔天空。两边的亲友也出动了，可大家无非是说一些好好过日子的陈词滥调。孟芸一听这些话就来气，她折腾了一些时日，终究身心俱疲，败下阵来。

大家说得多么云淡风轻！可孟芸心头的苦楚与绝望，谁人能解、谁人能知？她百思不得其解，为什么别人说离就离，而自己想要从这场该死的婚姻里解脱出来，竟是如此之难，难于上青天。孟芸越来越真切地体会到，生活远没有自己所预想的那么简单、愉快，而婚姻更是与爱情无关，没有丝毫的诗情画意，她不由得想到自己以往作的那些诗，径自冷笑三声。

孟芸被自己当初对婚姻随意的态度害惨了，如今遭遇这种渣男，想脱身都难。她常常在心里哀叹，为什么让自己遇到这种人渣？自己一生的幸福算是全毁在这个烂人手里了。可她又有太多的不甘心，这只臭蜘蛛如今是烂泥一堆，可我鲜活的生命为什么要陪着他一起腐烂。这样一想，孟芸心里又重新燃起斗志与希望，她及时修改作战计划，这次她决定请个律师，为自己打一场大胜仗……

孟芸的宏伟计划还未来得及实施，蜘蛛却突然离家出走了。刚开始，她还不以为意，猜想那臭虫肯定躲到哪个网吧逍遥快活去了。直到蜘蛛单位的领导打电话来，问他为何没来上班，孟芸才意识到，这只臭蜘蛛还真的玩起了失踪。孟芸有苦难言，活生生将自己整成了"罪人"。

她发动亲友，到处寻找。可蜘蛛的手机一直处于关机状态，茫茫人海，要找一个人，无异于大海捞针。孟芸每日以泪洗面，一想到蜘蛛用这种方式回敬自己，她就又恼又恨。随着时间一天天过去，她的脑海里开始出现一些可怕的联想，如果蜘蛛真有什么三长两短，又将如何是好？可该找的地方都找了，该想的办法也想了，就是不见蜘蛛的踪影。

孟芸心力交瘁，没几日就病倒了。一日，孟芸正靠在床头打点滴，突然接到警方来电，说有个骨瘦如柴的男子晕倒在江滩一个网吧门口，现已被送往同济医院急救，叫她去确认一下，是不是自己的丈夫。孟芸听后，只觉得天旋地转，无力地瘫倒在病床上……

幺 妹

一

那晚，风有点猛。我将外套裹紧，快步往医院赶去。听说重症监护室来了个脑创伤病人，还是个孕妇。等我赶到时，只见师兄正幸灾乐祸似的一脸坏笑地看着我。

"你可来了，晚上有你好受的！她家就没有一个能说得上话的人。既不同意手术，又要我们确保大人小孩的安全。唉，病人情况这么危急，当我们是神仙呀！主任也来看过了，说家属万一不配合，晚上可酌情转院。"说完，师兄还郑重其事地拍了拍我的肩膀，加了一句："哼哼，你就慢慢熬着吧，拜！"

"瞧你那熊样，还是快滚吧你！晚上，给我把手机铃声调大点。这种时候，别想着睡安稳觉。"我佯装生气地冲他挥了挥拳。师兄扮了个鬼脸，兔子似的逃窜了。

我迅速套上白大褂，往监护室走去。推开门一看，女病人正吐得厉害，一副筋疲力尽的样子。旁边陪护的家属老大不客气地嚷道："这是什么狗屁医院？什么都要我们自己拿主意——做不做手术也是，用不用什么药也是。这人都来了大半天了，还是一点不见好。先别说大人保不保得住，我看我那还未来得及见天光的儿啊,是没指望了。"

"病人吐得这么厉害,你还是好好扶着点,小心她呛着。"我没好气地回了他一句,俯身去按病人床头的心电监护仪,准备观测一下病人此时的血压。哪知病人吐完后,突然转过头,盯着我看。

"这不是余慧吗?太巧了!老同学,不认识我啦?我是幺妹呀!这下我有救了。哦,介绍一下,这是我老公小牛。"

"天哪,怎么会是你?"我惊讶地回过头来,看着她说:"哎呀,怎么搞成这样?你先别急,躺下来好好休息。我回办公室看看片子再说。"

我前脚刚到办公室,小牛后脚便跟了进来。

"你是幺妹的同学,对吧?那我不妨直话直说,你们无论如何也要保住她肚子里的孩子。算我求你了!"

我忙对他说道:"快别这么说!你的心情我理解,我们当然也希望母子平安。你还是先回病房吧,现在只能边治疗边观察。"

我刚拿起幺妹的CT片子,小牛又"噔噔噔"飞跑过来。

"余大夫,不得了啦!快去看看。我的儿……我的儿快要没了!"

我一路小跑着往监护室赶,边跑边对跟在我身后的护士小杨说:"赶快打电话通知妇产科会诊。"

幺妹脸色惨白,已经昏迷过去。床头监护仪不停地发出鸣叫声。我快速掀开她床尾的被子,殷红的血液浸湿了幺妹的衣裤,白色床单也被染红了。我的心猛地一沉。

"看来得紧急手术。"

"怎么啦?孩子是不是早产了?……"小牛神色慌张,不停地问道。

"等妇产科大夫来了，看看再说吧。"

二

妇产科的人一到，幺妹很快就被推入手术室。手术中幺妹一直昏睡不醒。她可能还不知道，自己腹中的胎儿已被强行取出，正柔弱地躺在复苏台上。小婴儿像只刚出世的小猫，身体纤细，哭声微弱。医生刚与家属谈过话，告知小孩的情况不太乐观，很快，大人这边又出现了状况，幺妹被掏空的子宫像赌气似的，怎么也不肯往回缩，宫腔内的血液源源不断地往外涌，主刀医师扛不住了，再次要求找家属谈话，建议切除子宫。谈话持续了十来分钟，幺妹婆家、娘家的人都到了，走廊里闹哄哄的。

病人殷红的血还在源源不断地往外涌，吸引管刚将聚满的一摊血吸干，很快又有新的血液涌出来。主刀医师不停地往宫腔里塞止血纱布，垃圾筐里堆积的空输血袋不下十个……

麻醉师焦急地不停喊道："血压又降了！高压80，低压50！""降得更低了，高压60，低压40！"豆大的汗珠不断地从主刀医师的额头上冒出来，一旁站着个小护士，不时替他擦一下。见血实在是止不住了，他懊恼地冲我吼道："余大夫，你还愣在那儿干吗？快去催促他们签字呀！你们不是同学吗？"

我从惊恐中回过神来，慌忙跑了出去。走廊里乱糟糟的，幺妹的娘家人早就哭成一团，可谁也不肯签这个字。幺妹的婆婆只是一个劲儿地发着牢骚："挺着个大肚子还到处跑。这下好了，如果小孩保不住，我们牛家岂不要断后……"小牛也在一旁骂骂咧咧。见此情景，我冲小牛大吼一声："都什么时候了，还在这里怨天怨地。你要还是个男人，就赶紧签字。"

幺妹七十多岁的老娘浊泪纵横。她颤巍巍地拉着外孙女的手,将其引到小牛面前,沉痛地说:"妮妮乖,快给你爸跪下,求他放你妈一条生路。"妮妮吓得哇哇大哭,扑通一声跪了下来。小牛恼羞成怒,一把从我手中夺过笔,在病历上胡乱地签下了自己的名字。

有惊无险,幺妹的子宫切除后,血终于止住了。术后,幺妹昏睡了十几个小时才苏醒过来。小牛的家人只顾着小婴儿,幺妹的病床前经常空荡荡的。

她一醒过来,就想去看儿子,无奈的是,稍微一动弹,手术切口处便如撕裂般疼痛难忍,加上头痛得厉害,只能暗自担忧。我不时地抽空去病房看看,宽慰她几句,叫她首先要养好自己的身体。小牛在儿科与脑外科之间来回奔波,脾气变得越来越火暴。幺妹一喊疼,他就发脾气,瞪着红肿的"牛眼"吼道:"痛,痛,你就知道喊痛。当初干脆都摔死算了,老子落个清静!"幺妹又痛又委屈,眼泪止不住地流了下来。

"哭,就知道哭,那小子要保不住,有你哭的日子!"说完,他气势汹汹地摔门而去。

听到吵闹声,我忙跑过去,给她用了一剂止痛药。

可疼痛刚刚缓解,她又开始呕吐,于是,我又给她重新加药。

一次,幺妹流着泪,感激地对我说:"余慧,真是太感谢你了!这几天,要不是你,我真不知道该怎么办才好。"我宽慰她道:"谢什么呢,有我在,你就别瞎想,好好休息吧。"

一星期后,幺妹的腹部伤口已基本愈合,头也不痛了。我惊喜地对幺妹说:"你总算度过了危险期,不用再做开颅手术。"

"真的吗?太好了!那我现在能不能过去看看我儿子?"幺妹

急切地问道。

"看儿子？我想……还是过两天再说吧！"我思忖道。

其实，幺妹哪里知道，她的儿子已奄奄一息。小家伙由于是早产儿，不光体重过轻，呼吸系统、消化系统发育均不成熟。对他不光得进行氧疗，更糟的是，小家伙不能吃奶，好不容易喂进去的牛奶，很快便如数吐出。这样下去，再强壮的婴儿也得活活饿死，何况这样一个衰弱的早产儿。

我从幺妹口中得知，她初中毕业后，没钱上高中，在家里干了两年农活。后来经人介绍，来到区家用工具厂打工。不承想，厂里副厂长的儿子——也就是小牛，看上了她，两人很快就结了婚。

我也把我的情况简单地跟她聊了聊。幺妹听后，艳羡地说："还是读书好啊！你看看你，现在多有出息。"

"别笑话我了，我也就一般般。"我被她说得有点不好意思。

聊完后，幺妹轻叹了一口气，说："余慧，你还是去忙你的吧。等你上夜班的时候，我们再好好聊聊。"

上夜班那天，见幺妹孤零零地躺在病床上，我生气地说："小牛真是太大意了，他怎么总是把你一个人撂在病房里？万一有什么紧急情况，可怎么办？"

幺妹挣扎着坐起身来，说："小牛肯定是看伢去了。也不能怨他，这几天，又是伢，又是我，也多亏了他。余慧，你要是忙完了，就陪我说说话吧。"

我在她的床头坐了下来。于是幺妹向我诉说起出事那天的情形。

"那天，我本来想回家看看我爸爸，他是食道癌晚期，躺在床上起不来。我挺着个大肚子，行动不便，只好叫小牛送我回去。哪知这个没良心的,老大不情愿,一路上嘀嘀咕咕的。我越听越生气,就回了他一句:"老话说'一个女婿顶半个儿'。老头子病得快要死了,你做女婿的不说将他送到医院里去尽个孝,回去看看怎么啦?"

"'要我尽孝?老头子那么多儿子儿媳妇干什么去了?偏偏要你在这里扯淡!'小牛负气地将摩托车开得飞快,一不留神,撞上了路边的大石头,我当时就晕过去了……"

"小牛这人怎么这样啊!"听完她的诉说,我不由得说道:"还有,这几天怎么没见你公公婆婆?"

"他们可能在家照看妮妮吧。"

"怎么也得来看看你呀。"

"我有小牛照顾就可以了,只是不晓得妮妮乖不乖。特别是医院里这个小的,你能不能抱来让我看看?"

"你还是安心休息吧,等你的病情稳定了,就可以去看他。"

"这两天,我老觉得乳房有点胀痛,肯定是奶水上来了。明天,我能不能给小孩喂点奶?"

"你想给小孩喂奶?那——那我明天去儿科问问。"

"真是麻烦你了!你一定要帮我尽量争取一下。"

"我尽量吧!你还是早点休息,我也要去躺会儿。"

三

似梦非梦中,门外突然响起一阵急促的敲门声。我吓得一个激灵,从床上跳了下来。一拉开门,小牛那张黝黑的大脸盘就探了进来。他气喘吁吁地冲我嚷道:"不行了,快不行了!我那可怜的儿啊!"

"怎么回事？走，一起去看看。"我一把抓起白大褂慌忙套上，急匆匆往儿科赶。

"你先走，我去把幺妹叫来！"小牛边说边往病房跑去。

等我赶到时，小婴儿已平静地"睡"去了。不一会儿，小牛搀扶着幺妹，也心急火燎地赶来了。幺妹呆呆地注视着"沉睡"中的"小可怜"，泪流满面。小牛瞪着血红的"牛眼"，冲她吼道："你只有哭的个用！我可怜的儿啊，没吃过你娘的一口奶，就这么活活给饿死了。"

幺妹猛地一下挣脱了小牛的搀扶，走上前去，全身颤抖着抱起婴儿，紧紧地搂在怀里，哭喊道："我造孽的儿啊，你跑得太快了！你应该在妈妈肚子里多待些时日，为什么这么快就跑出来呀！我已经跟余阿姨说好了，明天一早就来给你喂奶呀，你为什么不等着妈妈……"

见此情景，我也不由得哽咽难受，眼眶很快湿润起来。我担心幺妹的身体，忙和小牛两人将她带回病房，可她说什么也不肯放下婴儿。直到小牛的父母赶到，才将小婴儿带走。幺妹伤心欲绝，很快晕了过去，折腾了大半夜，才苏醒过来。

又过了十几天，幺妹终于可以出院了。临走前，她眼含热泪，对我说了不少感激的话。

四

出院三个月后，她孤身一人来医院复查。离开时，她对我说："小牛现在的心情很不好，连班也懒得去上，成天在外面打牌。公公婆婆也搬走了，嫌住在我们这里晦气。我现在成了个'废'人，他们都躲着我。"

"别瞎说！虽然你不能再养小孩，不是还有妮妮吗？再说，又不影响正常的夫妻生活，怎么说自己是'废'人呢？"

"可他们就是这么看待我的。唉，我现在是有苦说不出。"

我一时不知该说什么好，便说过几天再去看她。那天，刚走到她家楼下，就听见一阵哭闹声。我慌忙跑上楼，敲了敲门。妮妮怯生生地将门拉开一条缝，一条大白狗从门缝里钻了出来，冲着我直叫唤。我忙闪进门去，拉着妮妮的手问："怎么啦？"妮妮抽抽搭搭地说："余阿姨，爸爸妈妈吵架了，我怕！"

幺妹见是我，忙从地上爬起来，愧疚地说："余慧，不好意思，第一次来，就让你看到这档子事。"说到这里，她悲愤地指着自己的耳朵说："你看，这个混账东西，刚才抢我的耳环，把我的耳朵也扯痛了。"我最见不得这种场面，眼泪差点流了出来。见幺妹的耳朵还在流血，我忙对她说："还是到我家去吧，我家里有药。"

"这个样子怎么到你家去，丢人现眼！"

幸好我住在附近，便匆匆赶回家，拿来一些药棉和止血纱布，给幺妹包扎、止血。幺妹耳朵上的洞眼被拉伤了，鲜血直流，有一只耳朵的洞眼被彻底扯破了，看上去真吓人。我简单处理了一下，对她说："要不，还是去医院缝几针吧。"她无力地摇了摇头。

"吵架归吵架，怎么把耳朵扯成这样？也太野蛮了吧！"我气愤地对幺妹说。

幺妹一脸哀伤地讲述了事情的经过。儿子没了，幺妹一家都很伤心，特别是小牛，整天看她不顺眼，班也不上，一天到晚在外面瞎混。刚开始，也只是和朋友吃吃喝喝，打点小牌。可最近打牌打上了瘾，跟着他们到"场子"里混。这哪是一般人能去的地方啊！几场牌赌下来，输了个精光。今天，幺妹忍不住说了他几句，他竟大打出手，顺手将她的耳环抢了去。

幺妹重重地叹了口气，接着说："都怪我的肚子不争气，没有将孩子留住，现在想生也生不了。"

我红着眼圈听她哭诉，不时地说几句宽慰的话，一直等她耳朵上的血止住了，才起身离去。

第二天，我又抽空去看她。一进门，瞧见小牛的爸爸正背着手站在客厅的窗户旁。他冲我点了点头，一声不吭地下楼去了。幺妹告诉我，今天场子里的人闹到老头子的办公室去了，搞得影响很不好。老头子在家找不到小牛，就冲着她发脾气。

看着幺妹红肿的耳朵，我不由得一阵心酸，忙打开随身携带的药箱，替她抹上消炎止痛膏。离开时，幺妹一直把我送到楼下。她家的大白狗欢欢亲昵地跟在我身后，像舍不得我走似的。几天后，我再去看幺妹，欢欢瘸着一条腿，亲热地扑上来迎接我。妮妮上学去了，家里显得很冷清。幺妹说，小牛前天回来找她要钱，她不给，小牛就拿欢欢出气，将它的腿踢断了。现在只要小牛一进门，欢欢就躲得远远的。

我俩正说着话，突然，一群彪形大汉闯了进来，一进门，就横冲直撞，径直把值钱的东西往外搬。"汪汪汪！"欢欢冲他们一个劲儿地叫唤。

"你们是谁？到底要干什么？"幺妹惊慌失措，大声质问道。

"是啊，你们是谁？再不滚出去，我要报警了！"我也慌忙大声喊道。

这时，楼上、楼下不时有人探出头来张望。不料，领头的那人当众拿出一把锋利的匕首，恶狠狠地说："借账还钱，天经地义！"样子很是张狂。欢欢吓得一声怪叫，慌忙逃窜，隔壁左右伸出的头也很快缩了回去。幺妹一把将我拉进卧室,将门关得死死的。她变得手足无措,只能在房间里走来走去。不一会儿,像想起了什么似的,慌忙将衣柜里仅有的一点现金拿出来,藏进了胸衣里。等外面那群"恶魔"一走,屋子里顿时安静了下来。我俩忙伸出头瞄了瞄,发现那群"疯狗"确实走了,才怯怯地从房间里走出来。刚才,外面好一阵噼里啪啦的巨响。幺妹家的客厅如遭遇鬼子扫荡,一片狼藉。他们搬走了家里所有值钱的东西,还摔碎了几个碗和盘子,桌子、椅子被踢翻在地。幺妹呆立了好一会儿,终于忍不住蹲下身去,号啕大哭起来。我默默地拿起扫帚,收拾残局。幺妹边哭边告诉我,小牛已有好几天没回家了。这帮人找不到他,就到家里来闹。

"他们把东西都搬走了,你和妮妮怎么办呢?"我关切地问道。

"我跟我婆婆讲好了,叫她早晚接送妮妮上学,我明天就去厂里上班。这样,我和孩子吃饭的问题就解决了。"幺妹渐渐平静下来。

"你现在的家也不像个家,哪还有心思去上班呢?何况,你大病初愈,身体还很虚弱。"

"我现在也是没有办法了,总不能活活在家饿死吧!"

那天,帮她清理得差不多了,我才离去。

五

幺妹上班以后,我俩便很少见面。从那以后,幺妹的老公像人间蒸发了一样,已有很长一段时间没有归家了。老公不在家,幺妹的日子又归于平静,笑容又重新回到她的脸上。我老公和婆婆听我讲了她的事情以后，都说幺妹真是一个刚强的女子。有时在路上碰见幺妹，她仍像往常一样收拾得干净利落，矮小的身材像小女孩一样灵活。她在我面前只字不提小牛，我也不好过问。见她日子过得清苦，偶尔家里煮了汤，我便给她送去一些。她总是笑眯眯地说："索性叫我家妮妮认你作干妈算了。"我忙说："好啊，好啊！"

去厂里上班后不久，她还忙里偷闲，给我家宝宝做了两双软底小布鞋。我想给她一点钱，她笑着从我手里接过宝宝，亲了又亲，说："你看看你，太见外了！宝宝长得这么可爱，我疼都疼不过来，哪里会要你的钱？过些时候，我还要给他织几件毛衣呢。别担心，我现在过日子的钱还是有的。"

"你还笑得出来，要是我，哭还来不及。"我嗔责道。

"哭有什么用呢？车到山前必有路。我在娘家缺吃少穿的日子也熬过来了，人只要还能动总不至于活活饿死。"幺妹逗我家宝宝玩了一会儿，就起身告辞了。

对幺妹来说，再艰难的日子也得一天天过下去。

深秋的夜显得特别漫长，天神将乌云幻化成千丝万缕的"愁丝"洒落人间。我百无聊赖地坐在办公室里，随手拿起一本书翻看起来。突然，幺妹的婆婆一手拿伞，一手抱着妮妮，慌慌张张地走了进来。我忙迎上去，问："妮妮怎么啦？她妈妈怎么没来？"老人家拉着我的手，像抓住了一根救命稻草，哭诉道："妮妮发烧了！她妈妈跑出去避难，到现在还没回来。老头子不放心，叫人找她去了。这都造的什么孽呀！"

原来，小牛彻底赌疯了，将幺妹抵了钱，带人来家里抓她。幺妹闻讯而逃，也不知去了哪里。我将妮妮带到儿科，对老人家说："伯母，您别急，您先在这里陪妮妮看病，我到外面帮着找找看。"老人家流着泪,对我说了一通感激的话。

窗外的雨仍在下个不停。我撑起雨伞,到幺妹可能会去的地方找,一点音讯也没有。街道上又冷又暗,湿漉漉的,一个人影也没有。冷不防,一只大白狗一瘸一拐地朝我这边跑过来。我定睛看了看,咦,这不是幺妹家的欢欢吗?"汪汪,汪汪汪!"欢欢也很快认出了我,冲我直叫唤,随后,继续朝前跑去,还不时地回头朝我看上一眼。我紧跟其后,不一会儿,便来到城外的小河边。河边黑乎乎的,远处一盏昏黄的路灯放射出微弱的光。一到河边,欢欢转眼就不见了。我吓得全身的毛孔都缩紧了,正欲转身离去,"汪汪,汪汪汪!"不远处突然传来欢欢的叫唤声。我循着叫声往前走去,不一会儿,前面出现一团黑影,像是有一个人坐在河边。我屏住呼吸,慢慢地向前走去。走近一看,是幺妹!我虽然没有看清她的脸,可她的白球鞋扔在一边,我一眼就认了出来。欢欢正慢慢地向她靠拢,嘴里发出"呜呜"的哀鸣声。幺妹缓缓抬起头,把头发往后拢了拢,哽咽着唤了声"欢欢",情不自禁地趴在膝盖上轻轻地抽泣起来。欢欢乖巧地趴在幺妹身边,不时地用舌头舔她的脚,像是无言的安慰。

我百感交集地走上前去,喊了声"幺妹",幺妹像不认识我似的,紧盯着我看,好一会儿才放声大哭。我忙用雨伞遮住她,安慰她说:"好了,好了,别哭了!回去再想办法。妮妮还在我们医院打吊针呢。"

"妮……妮……怎么……啦?"幺妹已泣不成声。

"别担心,只是有点发烧。我今晚上值夜班,她奶奶带着她来找我。要不然,我哪里知道这些事。"

欢欢爬起来,围着幺妹直打转。我伸手将幺妹拉了起来,她淋了雨,浑身湿透了,冻得瑟瑟发抖。我忙脱下外套给她披上,搀扶着她慢慢往回走。

　　路上，幺妹一言不发，显得焦急而疲惫，我也不便多问。欢欢一瘸一拐地在前面带路。刚到医院门口，突然，一辆面包车开了过来，在幺妹身旁戛然停止。很快从车里冲出两个彪形大汉，一下子将她塞进车里。我慌忙去拉，一下子被推出老远，一个趔趄，差点跌倒在地。还没等我站稳脚跟，他们就迅猛地关上车门，飞驰而去。我顿时傻了眼，危急当中，瞥见车窗内小牛那黝黑的大脸盘一晃而过。我直愣愣地盯着远去的面包车，惊慌失措。倒是欢欢反应快，忙追了上去，可面包车一转眼就不见了。欢欢怏怏地回转身，对着无尽的夜空"汪汪"直叫，像是哀伤地呼唤着它的主人……

　　我惊魂未定，用颤抖的双手拨打了"110"。"愁丝"更浓，夜显得又暗又沉，一阵冷风吹过，我缩了缩肩膀，拖着沉重的脚步向医院走去……

奇　迹

　　凌晨两点，市妇幼保健院 ICU 病房转来一名特殊的女病人。转诊单上写着：冷俊梅，女，22 岁，剖宫产术后，麻醉意外……ICU 工作人员紧急传呼妇产科、麻醉科医师会诊。妇产科医师魏大夫接到传呼赶到时，发现麻醉师已等在那里。两人看过病人后，都神情沮丧地摇了摇头。病人大脑缺氧时间过长，已陷入深度昏迷，并伴有麻药中毒症状。ICU 紧急下达病危通知书，并将讨论结果告知病人家属。家属自是悲痛不已，所幸产下的胎儿已脱离危险。

　　一星期后，这个可怜的女人还在沉睡。医院每日用各种仪器维持着她的心跳与呼吸。这个叫冷俊梅的女病人在这里不叫冷俊梅，叫"24 床"。只有她的丈夫每日替她翻身时，才会轻声呼唤她的名字。看得出来，这对年轻夫妇很恩爱。丈夫每次去新生儿病房看完儿子回来，总会泪流满面地对妻子说："梅，我知道你不会丢下我和儿子不管，只是，你要快点醒过来呀，儿子还要吃奶呢……"

　　半年过去了，"24 床"还如同童话中的"睡美人"般静静地躺在那儿，一动也不动。突然有一天，魏大夫接到电话，要他去会诊。等他赶到病房，发现等他会诊的又是那个叫冷俊梅的女病人。他拿起病历看了看，不由得惊叹万分，原来这个静默得像冰一样的女人竟怀孕了。"植物人"怀孕，不能不说是一种奇迹，天知道她的丈夫对她做了些什么！魏大夫建议将她转入妇产科的特护病房。于是，这个女人顺理成章地成了魏大夫的病人，大家还是叫她"24床"。看着"24床"的脸苍白得像一张白纸，魏大夫不由得同情起她来。

针对"24床"，妇产科专门展开了病例讨论。会上，大多数人提议，应尽快给"24床"实施"人流"术；而作为"24床"的主治医师，魏大夫的反应却很冷静。见此情形，主持会议的妇产科主任张教授朝他扬了扬手，叫他发表一下自己的意见。这位妇产科的男主治医师顿了顿说："这件事我们是不是该征求一下病人家属的意见？"

大家听后，都用质疑的眼神望着他，显然大家对他的提议感到很意外。

一直以来，不都是医师们占主动权吗？家属只要晓得医师们的治疗方案然后服从就是了。

张教授皱了皱眉头，对魏大夫讲："我们会后自然会找家属谈话，然后将处理意见告诉他。"

"我们还是现在听听他的意见吧！"魏大夫还在坚持。

"我看没那个必要！况且你认为，以病人目前的情况来看，她适合怀孕吗？"张教授很果断地说，"好了，我看今天就讨论到这里。我很赞同大家的意见，只能让'24床'终止妊娠。魏大夫会后找家属详细谈一下，叫他签一下手术同意书。"

散会后，魏大夫陷入了沉思。昨天，他透过超声波，看到那个小胎儿在"24床"的宫腔里很顽强地活着；今天他们竟毫不犹豫地给他判了死刑。他考虑再三，决定还是找冷俊梅的丈夫好好谈一谈。如果说，这个小生命的产生是一个奇迹，那么，会不会出现下一个奇迹呢？

魏大夫很快将冷俊梅的丈夫叫到自己的办公室，并对他说明了情况。这个神情沮丧的男人低垂着头坐在他的对面，听完他的话后，眼圈慢慢地红了。

"我现在这个孩子生下来就没有享受过母爱，我怎么忍心让我的又一个孩子忍受这种痛苦？可我更不忍心亲手签下胎儿的死亡同意书。他虽还未出世，可也是我的骨肉呀！"男人用沉痛的语调讲完这段话后，无助地看着魏大夫。

魏大夫盯着这个男人看了一会儿，不禁问他："你相信奇迹吗？"

"你是说我的妻子会醒过来，我的孩子不用被弄死，对吗？"男人听后，像抓住了一根救命稻草，忙用急切的眼神盯着魏大夫追问道。

"你不认为你的妻子能怀孕是一种奇迹吗？"

"可她到底能不能继续怀下去？主要是她的身体受不受得了？"

"怀孕在一定程度上肯定会加重病人身体的负担，可她肚子里的小生命说不定会唤醒她沉睡已久的意识……总之，你愿意冒这个险吗？回去好好想一下，再给我答复。"

男人谢过魏大夫，然后拖着沉重的步伐回到妻子身边，流着泪对她说："梅，你说我们现在怎么办呀？你快点醒过来告诉我呀！"

看着妻子仍一动不动地躺在那儿，他再也忍不住了，趴在妻子的床头痛哭失声。不知他度过的是怎样一个不眠之夜！总之，第二天，他告诉魏大夫，他愿意相信奇迹。在接下来的日子里，魏大夫与这个男人配合得很默契，两人分外用心地照料着病人。

功夫不负有心人，在胎儿五个月大的时候，这个叫冷俊梅的女人用她超强的意志，再一次创造了奇迹——在农历七月初七凌晨，她终于走出了静默的世界，赶来与她的"董郎"相会。那种激动人心的场面，非笔墨所能描述。等她肚子里的胎儿足月后，由魏大夫亲自主刀，病人剖腹产下一个健康的女婴。令人称奇的是，这女婴一张开眼，就冲着魏大夫咯咯直笑。

时光飞逝，转眼二十几年过去了，仔细回想他多年的行医生涯，在他手上不知诞生了多少小生命，魏大夫感到很欣慰。只是近两年来，随着爱妻的早逝、儿子的出国，他感到些许的孤寂。幸好，还有很多工作等着他去完成。

九月的一天，科室来了几个实习医生，魏大夫带的是一个叫陈小梅的小女生。她微红着脸走到魏大夫跟前鞠了一躬，说道："魏老师好，以后请多指教。"

魏大夫从一大堆病历中抬起头来，看了她一眼，感觉这女孩的笑脸竟似曾相识。当然，这种感觉也只是一晃而过，他并没有太在意。接下来，他带着陈小梅查房、写病历、开处方……一上午很快就过去了。

午餐时间，魏大夫拖着疲乏的脚步回办公室换衣服，发现有人已帮他打好了饭菜。他疑惑地走过去，打开饭盒一看，哇，真够丰盛的——有煎蛋、鸡腿、鱼块、蔬菜，还有一大碗排骨汤。会是谁呢？不会是哪个爱慕者吧？自从老婆去世以后，医院里不乏他的追慕者，可给他打饭还是头一回。他边在心里揣测着边津津有味地吃了起来。接下来，一连几天都是这样。

一日，魏大夫不小心感冒了，他有气无力地躺在家里给科室打了个电话请假。不知过了多久，他迷迷糊糊地听见有人敲门。

他挣扎着爬起身来,打开门一看,竟是他带的实习生陈小梅。

"你怎么找到这里来了?"

"我听主任说,魏老师感冒挺严重的,忙向她打听到了你的地址,就找过来了。"陈小梅羞怯地笑了笑说,"我还将药箱背来了,要不要先查一下体温?"

"小姑娘还真细心!麻烦你还是先给我倒杯水喝吧,我都快渴死了。"魏大夫感激地对陈小梅说道。

"不好意思,我怎么没想到……"陈小梅边说边帮魏大夫倒了一大杯温开水,并从药箱里拿出感冒药、退烧药,一并递给了他。

魏大夫吃完药,闭上眼睛竟迷迷糊糊地睡着了。等他醒来时,感觉好多了。这时,陈小梅已帮他煮好了稀饭,见他醒了,忙说:"魏老师,你醒了!饿了吧,我刚才煮了点稀饭。"

"天啊,我怎么一下子睡着了。"魏大夫坐起身说,"今天真是谢谢你了,还帮我煮稀饭。时间不早了,你还是赶快回去上班吧。"

哪知话音刚落,陈小梅竟一下子跪倒在魏大夫的床前,流着泪对他说:"魏老师,你还记得二十年前那个叫'24床'的女病人吗?在这个女病人身上,你创造了生命的奇迹……"

"'24床'?让我想想……你……你就是当年那个女婴?"

"对,我就是当年那个女婴。"

"这几天是你帮我买的饭吧?"

"嗯!"

魏大夫看着陈小梅这张酷似"24床"的俊俏脸庞,慢慢回想起当年的情形,不由得感慨万千……

离奇之死

这是一个荒诞的时代。夜已深沉,正是"皇妃"恭迎"皇上"就寝之时,"寝宫"里面自是富丽堂皇,烛火摇曳,左右有"太监""宫女"侍候着。高贵的"皇妃"一身华丽的朱色凤袍,头上是金光闪闪的凤冠,因有红纱盖头掩面,并不能窥见其天姿国色。她低着头坐在"龙榻"边沿,静候她的"真命天子"的到来。

不一会儿,外面有小"太监"来报:"皇上驾到!"于是,包括"皇妃"在内的所有人都俯首待命,立在一旁静候。随着一阵"哈哈哈"的大笑声,"皇上"被身旁、身后一群提灯的"奴才"簇拥着来到了新房。"皇上"一进来就大声喊道:"今天是'朕'大喜的日子,'朕'心里高兴,理应重赏你们!"于是,在"皇妃"的带领下,众"奴才"齐声喊道:"多谢'皇上'!'皇上'大喜,万岁万岁万万岁!"在"寝宫"侍寝的"太监"早已迎了上去,将"皇上"小心翼翼地扶上"龙榻",两旁的"宫女"也将"皇妃"送至"皇上"的近旁坐下来。侍寝"太监"一挥手,送寝的"奴才"便一齐轻轻退去。"皇上"看上去威严庄重而又不失风流倜傥。他满意地看了一眼静候在身旁的"皇妃",从"宫女"捧着的托盘里拿起小秤杆,轻轻地挑开"皇妃"头上的红纱盖头，"皇妃"忙羞怯地偏过头去。白天的欢宴已让"天子"迷醉万分，此时此刻，"皇妃"的美艳让"天子"彻底迷醉了。一旁的"太监"忙将红烛移至隐秘处，放下朱纱帐，一层、二层、三层，随后远远地退至门外静候着。

"'皇上'，让'臣妾'自己来。"当"皇妃"娇滴滴的声音在耳畔响起时，"皇上"心里猛地一惊，这声音听起来怎么如此耳熟？可另一个声音很快在心里响起："不可能！"当"皇妃"的一只玉手伸过来时，"天子"最后的一点理智彻底消失了。此时，烛火逐渐暗淡，两人在意乱情迷中慢慢"死"去……

半夜，"皇上"突然从噩梦中醒来，出了一身冷汗，顿觉口干舌燥。正欲喊人，发现躺在身旁的"皇妃"翻了个身，露出鲜艳的红肚兜，她胸口那颗醒目的朱砂痣刺得"皇上"的眼睛生疼。再看那张脸，褪去了浓厚的胭脂水粉，露出的分明是一张再熟悉不过的稚气的脸。"皇上"一下子惊慌地跳起来，"龙袍"也顾不得披，飞也似的向门外冲去……立在门外侍寝的"太监"正在打盹，此时也一下子醒了过来，忙在后面追赶着，喊道："皇上，皇上，您要到哪里去？皇上……"可哪里还有"皇上"的人影。

"太监"觉得此事非同小可，忙禀告了"太上皇"，一行人打着灯笼到处寻找。不料，在供"皇上""皇妃"们游玩的室内浴池内发现了一具浮上来的尸体，打捞上来一看，天哪，正是今晚的"真命天子"。死后的"天子"睁着一双惊恐的大眼睛，生前好像被一群洪水猛兽追赶着拼命地向前奔跑……

"皇宫"里出了命案，很快惊动了警方。警察很快查封了这座有"皇宫"之称的高级娱乐城。这座娱乐城让来此享乐的男人们实现了他们最大的梦想：江山手中握，美女身旁立。娱乐城

"太上皇"敢想敢做的举动，让警方及现场所有人都瞠目结舌。当法医撕掉死者脸上那张易容的皮后，在场的所有人都惊呆了，这不是本市司法局局长吗？当警方公布了死者的身份，并开始逮捕"太上皇"及这座"皇宫"里一群高贵的"皇妃"时，发现当晚侍奉局长的"皇妃"不见了踪影。经过几日紧张的追捕调查，在郊外一处枯草丛中发现了"皇妃"的遗体。"皇妃"蜷曲着身子侧卧在地，面色惨白如纸，嘴唇鲜艳如血，嘴角还残留着一丝血迹。"皇妃"仍身着当晚的盛装，像从宫廷剧里逃出的女主角，显得冷艳而失真。

经法医鉴定，"皇妃"属中毒身亡。局长夫人赶来认尸，发现两名死者竟是局长本人和他们的宝贝女儿。局长夫人当即昏倒在地，很快被警车送往医院。

警车发出悲愤的咆哮声在街上飞奔，路人为之侧目，唏嘘不已……

二　胎

　　国家于十月份刚出台了二孩政策，余意的儿子十一月一日就出生了。她的大女儿倩倩已经十七岁，她本以为自己可以儿女双全，称心如意，哪知……

　　余意在卫健委上班，本来她想等二孩政策落实下来，再考虑生二胎的事情。哪知，开年后她因节育环移位，竟意外怀孕了。她利用工作的便利，知道今年国家会放开生育政策。她偷偷在家测试了两次，证实自己确实怀孕后，感到又惊又喜，就将这个好消息告知老公李响。李响原本在区医院上班，是一名外科大夫，前几年停薪留职，跟着他老头子的战友张总做建筑生意。张总念旧情，给了不少项目让李响去做。这几年，他凭着张总的提携与自己的精明，在工地上摸爬滚打，财力日益壮大起来。这段时间，张总又有个大项目，他准备与凤凰古寨的余总合作，在余总创建的民俗博物馆旁边建一条极富民族特色的街道，并将工程的一些具体事务交给李响负责。这个工程巨大，又够李响忙一阵子的了。

　　前年，李响将他家邻街的三间旧房子推倒，并花六十万元买下了邻居家的三间房。他找张总帮忙，建起了一栋六间六层半的高楼。坐拥这么一幢高楼，李响肯定想生个儿子来继承。听余意说她意外怀孕了,李响如同中了六合彩,心里乐开了花。他一把拉过老婆,让她坐在自己的大腿上,然后轻轻抚摸着老婆的肚子,柔声说道,你不是上了环吗,怎么就"中了彩"怀上了呢?余意娇羞地嗔责道,还不是你太厉害,将环子弄掉了。李响豪情万丈,对着老婆耳朵自豪地说道,看到没有,本人这是"宝刀未老"。太好了!这个孩子来得正是时候。这次再也不能像前两次那样……一定要将这孩子留下来,他将来可是要继承我李家产业的。到时候就算你被开除公职,也要将这个孩子生下来。我敢肯定,这次一定是个"带把的"。余意的耳朵被老公嘴里喷出的热气弄得痒痒的,她羞红了脸,将头躲到一边说:"看把你美的!你怎么知道一定是儿子,要是女儿呢?再说了,还不知道倩倩愿不愿意呢。"李响信心十足地说:"我说是儿子就是儿子,不信你我打个赌。再说了,就算是女儿,也是我们的孩子,到时候也像倩倩一样惹人爱。你放心,我俩都是四十多岁的人了,这个年龄意外怀上了也算是天意。到时候无论是儿是女,我一样会喜欢。倩倩她有什么不愿意的?到时候孩子生下来,她还有个伴。"余意说:"你能这样想我也就放心了,我还以为……"李响说:"你就别胡思乱想了,安心养胎,等肚子大了,索性请假在家休息。现在,毕竟政策还没有下来。你现在又是典型的高龄孕妇,属于重点保护对象,国宝级的人物……"

周末,倩倩学校放假。余意特意熬了牛肉白萝卜汤,还做了一大桌倩倩爱吃的菜。哪知,倩倩噘着嘴不领情,她夸张地叫道,老娘啊,你这是逼我"犯罪"啊!你看看我,腿不像腿、腰不像腰的,你还在那里拼命催肥。李响嗔责道,怎么跟你妈说话呢,小小年纪就学会臭美,一天到晚喊着减肥,成什么样子?余意说,是啊是啊,你爸说得对。你现在读高三,功课正紧张,要注意加强营养。她边说边添了一碗牛肉汤，递到倩倩面前。倩倩不耐烦地将碗推到一边，说，我说了要减肥，不吃肉！你们现在都"out"（过时）了，现如今讲的是颜值，懂不懂？看网上，人家"蛇精女"十四岁就整容了，我现在减肥又算得了什么。李响皱了皱眉头，说，越说越不像话，尽学网上那些乱七八糟的东西。你现在是非常时期，要多花些心思在学习上。还有，你妈现在怀了小弟弟，你也要多关心她。倩倩一听，惊呼道，什么？你说什么？妈妈怀孕了？这……这也太奇葩了！Oh，My God（上帝啊）！余意笑问道，倩倩，那你想不想要一个小弟弟呀？倩倩说，我才不想要什么小弟弟，到时候整天哭哭啼啼的，烦都烦死了，我还怎么学习啊。李响说，这孩子，怎么一点爱心也没有。余意说，这也不怪她，这事太突然，我也没想到自己会怀孕，何况她呢。倩倩现在是非常时期，我这个时候怀孕是不太合适，没有太多精力照顾她。李响说，她现在已经长大了，应该晓得照顾自己，大不了过些时日请个保姆。余意说，只能到时候再说了。倩倩胡乱往嘴里扒拉了几口饭，便随手将碗筷丢在餐桌上。她皱着眉头，不耐烦地说，烦死了！搞得人一点胃口也没有。说完猛地一转身，回自己的房间去了。

　　余意看着女儿气呼呼离去的身影，不无忧虑地对老公说，看到没有？你的宝贝女儿生气了！李响说，小孩子脾气，过两天就好了。余意说，我还是得找个机会好好跟她谈谈，现在的孩子都有些"人小鬼大"。

　　倩倩回到自己的小天地，将门关得紧紧的。她身高一米六五，体形远没有达到她幻想中的那般纤细，圆圆的脸蛋也显得有些"婴儿肥"。她对着桌上的小圆镜，用手使劲揪着自己脸颊上的两坨肉，并在心里哀叹，要是没有这该死的两坨肉，"王子"

肯定会注意到自己——"王子"本名王子聪，可私下里，她们这些女生都喊他"王子"。"王子"贵为校长的公子，不光人长得俊秀，成绩在全年级也是独占鳌头。他在校园里属于"校草"级的人物，不知迷了多少女生的眼睛。一次体育课上，倩倩偷偷用自己的手机拍下了"王子"投篮的一瞬间。这张照片拍得他别提有多帅了，倩倩兴奋得傻乐了好几天。后来，她干脆一不做二不休，鼓足勇气到照相馆将这张珍贵的照片冲洗出来。这张照片从此成了她心中甜甜的小秘密，连她最好的朋友也舍不得分享。此刻，这张相片正静静地躺在倩倩的日记本里面。

倩倩虐待完自己的圆脸蛋，负气地拍倒小圆镜。周末放假，该死的作业还是一如既往地多。可此刻，倩倩没有心情赶作业。她打开书桌的抽屉，从底层小心翼翼地抽出日记本，翻出"王子"的照片。她盯着"王子"帅气而充满活力的身姿，激情满怀地写下了自己的心语：王子说了，我生日那天，他一定会来光顾我家的"城堡"，陪我过生日。他将我家的新房子故意说成"城堡"，那我会不会成为他心中的"白雪公主"呢？总之，这还是他第一次主动跟我说话呢，还说要参观我家的新房子。天知道，我当时欢喜得都快晕过去了。我的小心脏啊，差点也要爆炸了。王子啊，你可知道，你就是我现实版的男神啊！可……可如果王子知道我妈妈怀了小弟弟，他会不会笑话我？说这座"城堡"将不再属于我，我再也不是他心目中的"小公主"。如果是这样，我宁愿去死！……唉！唉！唉！上帝啊！Help me（救救我）！

接下来的一段时间，余意一直想找机会跟倩倩好好聊聊。可倩倩每天一早就赶着去上早自习，晚上回来还有一大堆作业等着她。好不容易放假了，还得上补习班、赶作业，余意实在不忍心给她添堵。眼看倩倩的生日就要到了，余意想借此机会，好好给她过个生日，好好哄哄她，以此来消解她心中的不快。没想到，她竟主动跟余意提出，要到新房子里去过生日。余意感到很意外，因为她家的新房子去年才刚刚装修完毕，一楼到五楼都已出租。六楼留着自己住，里面虽一应俱全，可到现在还没来得及搬过去。余意说，为什么要到新房子里去过生日呢？现在又没有搬家，不太方便。倩倩说，说了你也不懂，那天，我们班上有好几个同学要来。你也不用那么麻烦，到时候，你提前订个大一点儿的生日蛋糕，然后到餐馆里点几个好吃点儿的菜，叫他们送过来，万事就OK（周全）了。还有，到时候你和爸爸不用过来，把钥匙给我就行了。你们在那儿，我怕同学不自在。余意感到有些失落，她酸溜溜地说，有了同学，连爸爸妈妈都不要了。倩倩莫名地红了脸，她娇羞地说，我懒得跟你说。

　　接下来的几天里，倩倩一直都显得很开心。有时，她边做作业边哼起歌来。余意不由得在心里暗自庆幸，女儿毕竟还小，不会对自己怀孕的事情耿耿于怀。倩倩生日那天刚好是周末，她一早起床，特意穿上妈妈前天买给她的那件漂亮衣裙，一阵风似的跑到余意房里催促道，妈，快起来！早点儿过那边准备一下。要不然，等一会儿同学来了，就来不及了。余意说，你瞧瞧，总是这么心急，店铺还没有开门呢。等一会儿，吃了早饭，我将家里的水果、零食拿一些过去，再去蛋糕店取蛋糕。餐馆里的菜我也早就订好了，中午的时候，你们打电话，他们随时会派人送过去。倩倩高兴地说，太好了！余意看着女儿红扑扑的圆脸蛋，怜爱地说，我家的小公主又长大了一岁，来，过来让妈妈好好瞧瞧。谁说我家的公主长得胖，我看刚刚好嘛。倩倩心里高兴，听了妈妈的话，咯咯咯笑个不停。

　　李响外面的应酬比较多，听说女儿要和同学一起过生日，他中午也就没有回来吃饭。倩倩上高三，平时学校抓得比较紧，周末好不容易放假，还得上补习班。余意心疼女儿，这次本想好好陪她过生日。哪知，她……

下午，倩倩很早就从新房子那边回来了。本来，余意想问问她玩得怎么样。可她一回来，就低头躲进了自己的小房间。余意不敢打扰，在床上躺了一会儿，就到新房子那边去了。几个小鬼在那边闹腾了半日，她得去收拾一下。

倩倩回房后，并没有马上做作业。她今天特意用手机将过生日的一些场景拍了下来。令她感到惊喜的是，"王子"还送给她一本紫色的小日记本。本来这该是多么完美的一个生日聚会啊！点燃生日蛋糕上的蜡烛以后，大家一起唱着生日祝福歌，紧接着许愿、吹蜡烛、切蛋糕……餐馆里送过来的饭菜很可口，来了十几个同学，大家吃得很开心，也喝了不少饮料。吃喝完毕，大家看了一会儿电视，"王子"就提议，叫倩倩带着大家参观她家的豪宅。倩倩心里很自豪，就带着大家到处走走看看。同学们的兴致很高，这里瞅瞅，那里瞧瞧，如同刘姥姥走进了大观园。不时有人发出惊叹声，哇，太豪华了！太壮观了！什么叫作土豪，这就是传说中的土豪啊！"王子"也说，确实不可思议，比我家的房子不知要大多少倍。你们一家三口住这么大的房子，太奢华了！这不是现实版的皇宫是什么！几个女生马上冲着倩倩做鬼脸，有个女生趁机起哄，现如今"皇宫"有了，"公主""王子"也到齐了，哈哈……倩倩羞得满脸通红，她转身跑到餐桌旁，拿起一小块吃剩的蛋糕，追着找那个刻薄的女生报仇。那个女生边跑边躲，并笑嘻嘻地回敬倩倩，我又没有说是谁，是某人不打自招，你们说是不是？几个男生也嬉笑着朝"王子"这边围过来，并让他老实交代。"王子"故意装出一脸无辜的样子说，我可什么也不知道啊。很快，大家便闹成一团。倩倩随手放下蛋糕，故作生气地说，不理你们了。她径自往顶层的天台上走去，大家很快也跟了上来。天台很大，上面搭了一个凉亭，倩倩坐在凉亭下面的秋千上，指着旁边的茶桌说，要吃水果、喝饮料的人，自己拿啊。几个女生都挤到倩倩身边说，我们不喝饮料，我们要荡秋千。倩倩忙起身说道，我就知道你们会喜欢。边说边拿起一瓶饮料递给"王子"。"王子"说了声"谢谢"。有个男生见了，忙打趣地唱道，我说公主的眼里没有我，也不拿饮料给我喝……倩倩扬起手，吓唬他道，别唱了，再唱可别怪我对你不客气！阴阳怪气的，要喝水，你自己不晓得去拿？这时，有个大嗓门的女生高声问倩倩，听我妈说，你妈怀了小弟弟，是不是真的？另一个女生说，不会吧！我还以为倩倩和我们一样，是独生女呢。又有同学说，还不是重男轻女，她爸爸妈妈这么大的家产，还不得生个儿子来继承。倩倩听了，所有的好兴致都一扫而空，脸色也变了。她想，"王子"离她这么近，肯定也听见了。她愣愣地在原地站了一会儿，然后走过去，没好气地冲那几个女生说，那是我妈妈自己的事情，我才懒得去管她。几个女生见倩倩不高兴，忙转移话题，指着天台上的盆栽，夸赞起这些花来。过了一会儿，有个女生说，我还得上补习班呢。"王子"也说要回家写作业。于是，大家一起离开了。

　　一路上，倩倩越想越气，在心里直埋怨那个女生多嘴。她翻开"王子"送给她的日记本，只见"王子"用他那刚劲有力的字体在扉页上写道：祝李倩倩生日快乐！学习进步！天天开心！她看着看着，不由得哭了起来。边哭边拿起笔，抽抽搭搭地记起了日记：刚才，在新房子里，王子肯定听见了，要不然，他为什么也要急着离开呢？他是不是会想，我再也不是那座"城堡"唯一的"公主",从此再也不搭理我了?

在回家的路上,"王子"也想了很多。他甚至有些后悔,不该为了满足自己的好奇心而贸然跑去倩倩家陪她过生日。特别是,他隐约觉得,倩倩很有可能产生误会,以为自己对她有好感。看来,以后在她面前可得谨言慎行,以免误会加深,影响彼此的学习。

在接下来的日子里,"王子"果真对倩倩不冷不热的,显然是在刻意与她保持距离。倩倩没想到,"王子"小小年纪,竟如此势利!一听说自己很可能会有个小弟弟,不再独享豪宅,就立马翻脸不认人。她心里的委屈无处诉说,就将它们全都宣泄在"王子"送给她的那本紫色的日记本上。

余意见倩倩一回来就躲进自己的房间,以为她是功课紧,也就没有太在意。李响凤凰古寨工地上的事情比较多,应酬也多,更没有注意到倩倩的情绪有些反常。余意肚子里的胎儿八个月大的时候,产检显示,有早产倾向。李响执意要余意住院保胎,余意虽说不放心倩倩,可家里的保姆还算令人满意,她也就勉强同意了。倩倩本来就因为"王子"疏远她,内心感到很失落、很痛苦……其实,只要"王子"每天对她笑一笑,她就会很开心。可是……如今,爸爸妈妈又将自己扔给保姆照顾,她更觉得自己成了命运的弃儿,连爸爸妈妈也不喜欢自己了,只爱那个还未出世的讨厌鬼。倩倩流着泪,在日记里狠狠写道:我恨!我恨这个世界,我恨所有人!爸爸妈妈现在不爱我了,只爱妈妈肚子里那个可恶的讨厌鬼!还有王子,他为什么也要如此残忍地对我。不公平!老天爷为什么要对我如此不公平?为什么我最爱的人都已经不再喜欢我?我觉得,我活着已经没有任何意义,还不如死了好……

余意一直住在医院保胎，李响也很少回家，他俩哪里知晓女儿内心的痛苦与煎熬。"王子"只是不想让倩倩误会，他万万没想到倩倩会曲解他的用意。

一个月后，余意的儿子平安出生。可他们夫妻俩还没来得及庆贺，就有一个可怕的消息传来：他们的宝贝女儿倩倩竟跑到他们新房子的天台上……

等余意抱着儿子赶到时，楼下已站满了围观的路人，连警察也赶到了。余意看着楼顶上摇摇欲坠的宝贝女儿，边哭边推着李响说，快去啊，快和警官一起上去救女儿。快点儿，快点儿去救我家倩倩啊！快——哎哟！怎么办啦？这孩子到底怎么啦？为什么要做这种傻事啊……

李响忙跑到两个警官身边，向他们求助。这时，有个帅气的大男孩气喘吁吁地从人群里钻了出来，略带羞怯地对李响说道，你是李叔叔吧，我是倩倩的同学王子聪。她刚刚给我发了个短信，可能有些事情她误会了。边说边将手机递给了李响。李响边看边嗔责道，这个傻孩子！警官见此情形，说，解铃还须系铃人！王子聪现在赶快给倩倩发个短信，将事情解释清楚，叫她别激动。千万不要做傻事！你们俩现在跟我上去，一切听我指挥。余意不放心，死活也要跟上去。

等他们一行人冲上楼顶，倩倩正盯着手机，哭得稀里哗啦的，嘴里不停地说，你是骗我的，你们都是哄我的！警官示意他们不要太靠近，然后冲倩倩说，倩倩，你看到王子聪给你发的短信了吧？你同学是不想耽误你的学习，并不是讨厌你；还有你爸爸妈妈，他们都是爱你的，现在，他们虽然又给你生了个小弟弟，可手心手背都是肉，你和弟弟都是他们的宝贝，他们又怎会不爱你了呢？余意泣不成声地哭喊道，倩倩，倩倩，快下来，你……你如果做傻事，妈妈也不活了……

余意怀里的婴儿仿佛也感应到了妈妈的悲伤，哇哇大哭起来。余意将婴儿举上前去，对倩倩哭诉道，倩倩你看，弟弟看见你这样也很伤心，他也是爱姐姐的……倩倩忍不住侧身瞄了一眼，只见妈妈怀抱中的小婴儿如同一只哭泣的小猫咪，倩倩的心不由得温柔地一颤……

一旁的王子聪再也忍不住了，他试探性地向前走了几步，坚定地对倩倩说，倩倩，我和你做个约定好不好？我们一起努力，一起加油，明年的九月，我俩武汉大学樱花树下见，好不好？倩倩听了，早已哭得稀里哗啦的，警官不知何时已来到倩倩身后，一把将她从高处拉了下来，李响忙上前帮忙，余意也跑了过去，一家人抱在一起哭成一团……

一个人的恋情

初三下学期，小雨的父亲突然去世。这一下，小雨的天空真可谓乌云密布，一声惊雷，眼看要下大雨了。果然，她被姑姑领回家后，就再也没有回学校。生活的狂风骤雨，无情地冲断了她的求学之路。

七喜本来就对上学不感冒，如今，小雨离开了，这学校的魅力更是大打折扣。可无缘无故退学，怎么说也有点儿奇怪，家里、学校也没法交代。再说，他怎么也是学校的"四大金刚"之一，中考在即，如果临阵退缩，也太没 face（脸面）了。思量再三，他决心暂且忍耐。

每到周末，他总喜欢撇开那三个可恶的跟班，到小雨所在的村子附近转悠。有一次，还真让他给碰上了。他远远地看着小雨从菜地里走来，手里提着满满一篮子绿油油的菜。他推着自行车，急步赶上前去，故作诧异地打招呼，老同学，怎么是你？小雨娇羞地停住脚步，笑而不语。

七喜有点扛不住了，微红着脸说，我……我上我二姨家去，你……对了，我来帮你提篮子。他边说边伸过手去，一不小心碰到小雨白嫩的小手。

小雨条件反射似的一躲，手中的菜篮子掉了，菜散落一地。

她忙蹲下身去捡,七喜闹了个大红脸,暗笑道,不好意思啊,我来捡。

小雨细声细气地说,不用了,你还是快去走亲戚吧。

七喜这回是着了自己的道,他哪有什么二姨啊。听了小雨的话,他挠了挠头,慢腾腾地推车离开。等小雨走远了,他才鬼鬼祟祟地沿原路返回。

回去的路上,他兴奋得忍不住哼起歌来,发疯似的将车子骑得飞快。快到村口,迎面跑来几头大水牛,他慌忙躲闪,一不留神,连人带车冲入池塘。所幸池塘的水不深,他扑腾了一阵,费了不少劲儿才将自行车弄上岸来。

很长一段时间,他再也不敢去"走亲戚"了。后来,实在是按捺不住,又偷偷摸摸去了一次,遗憾的是,并没有碰到小雨。

好不容易挨到毕业,本以为从此与书本吻别。哪知,七喜的父亲对宝贝儿子未来的发展,有自己的规划。他说,看你也不是上大学的料,迟早要回来种田,那就去农校学农吧。毕竟多读几年书,多识几个字,再回到田里,总比我们这些没念过书的"黑肚子"要强。

七喜心里头一千个一万个不愿意,他父亲也不与他争辩,每日里带着他在田间、地头忙活。七月的骄阳热情似火,还没等父亲开口,他主动缴械投降。

眼看要离家远行,他鼓足勇气,花了三天三夜时间给小雨写了一封信。虽说花的时间不少,可写来写去也就写了三句话:小雨,你好!我马上要到农校读书,希望你在家一切都好。干活不要太辛苦!再见!最后,连自己的名字都不敢留下。

三年学成归来,七喜准备大干一场。他找来自己的三个哥们,与他们畅谈自己的豪情壮志。大家的兴致都很高。临走时,七喜将二狗叫到一边，打听小雨的近况。七喜虽说给小雨写过几封信，可一直未见回音。二狗嘻嘻笑道，你还真够痴情的，可我听说她家搬走了，也有人说她嫁人了。七喜急了，恨不得马上跑去找小雨，可一时又不知从何找起。

七喜一边规划自己的未来，一边琢磨如何才能找到小雨。他一会儿坚信小雨不会嫁人，一会儿又怕她嫁人怕得要死。于是，有事没事他总喜欢跑到小雨她们村附近转悠，希望再来一次偶遇。

一天，七喜接到农校同学的电话，说想聚一聚。他脑海里灵光一闪，急忙召集那三个兄弟，宣称他要搞一次初中同学聚会，并特别强调，一个也不许落下。二狗深知他的心思，阴阳怪气地说，缺谁也不能缺你心中的那个她。

一个月后，七喜他们的同学会在朝阳大酒店隆重举行。这时，他的工作业已落实，不日就可到区农业局报到。聚会那天只来了十几个同学，女同学只来了三个。可七喜的兴致高昂，不为别的，只因身边坐着小雨。席间，不断有人劝酒，七喜是来者不拒，可小雨连红酒都不肯喝一点。于是，有个女同学开玩笑道，小雨，不会是有了吧？另一个同学附和道，听说小雨已经结婚了，是不是真的？这也太离谱了吧，你才多大？小雨微红着脸，并不搭话。

七喜的脸红一阵白一阵，喝酒更踊跃了。他的眼睛不时瞟向小雨，似有千言万语，终究因不胜酒力，很快便醉倒了。可想说的话，他一句也未能说出口……

世界末日

网上疯传：2012年12月21日，将是传说中的世界末日。

距离这个咒语般的日子还有不到一年。宇宙、地球、人类，是的，一直以来，狂妄自大的人类向大自然贪婪地索取，终于大自然要让所有的所有、一切的一切尝尝苦头，尝尽苦头。是的，是的，一切的一切，一切的一切的一切，都将毁灭，都将不复存在。好像地球从来也不曾存在过。人类，是的，渺小如蝼蚁的人类，更是不值一提；宇宙，浩瀚的宇宙将回归浩瀚的虚无。

时间的脚步一迈入2012年，上海某太阳能公司的罗丽小姐就感觉自己的心里钻进了一个手持魔棒的小鬼，搅得她寝食难安，惶惶不可终日。她多次与身边的同事、朋友讨论这个问题。世界末日好啊！这样就不用上班了，我还可以环游世界，刷爆我所有的信用卡……大家的回答大同小异，她们这种漠然、愚钝的态度让罗丽费解、恼怒。罗丽在心里嘀咕，世界末日，地球都要毁灭了，想上班都没门，还谈什么环游世界啊！到那时，哪来的世界？

我们的罗丽小姐，年方十九，天真烂漫，大好的前程才刚刚在眼前展开，她整装待发，世界却要毁于一旦。她不甘心，她必须，不，她早就该有所行动了。

五月的一天,我们的小罗丽出发了,她背着背包,拉着行李箱,戴着太阳帽,来到虹桥机场。很快,飞机如同一只银灰色的巨鹰,在中国最时髦的大都市上空翱翔。一想到自己此行的目的,罗丽的胸口如揣着一面小鼓,"咚咚咚"敲个不停。她按捺不住兴奋,左瞅瞅,右瞧瞧,暗想,飞机上会不会有人也像她一样?偶尔有人向她这边看过来,她马上就猜想,难道他们知晓她此行的目的?罗丽心潮澎湃,几次转过身,往窗外眺望。窗外云浪翻滚,太阳又亮又刺眼,往下看,大地一片苍茫,房屋、树木、田野好遥远、好渺小啊!如果到时候能坐上热气球,或许就能离那种天翻地覆的灾难更远一点吧……

有空姐过来送咖啡、饮料,提醒罗丽系好安全带。罗丽接过咖啡,重新调整好自己的坐姿,顺手将安全带绑上。她觉得空姐的模样与声音格外动人,手中的咖啡也分外香甜,喝下肚,仿佛有一股暖流直达肺腑。真不敢相信,三天后,这一切将不复存在。还有飞机上的这些人,以及其他更多的人,他们知道这美好的一切将会被摧毁吗?这么危急、重大的灾难,他们又怎会、又怎能不知道呢?那此刻他们脑子里又是怎样想的呢?

罗丽的目的地是她四川老家一个偏远的山区,选择这样一个多灾多难的地方作为避难所虽说显得有点匪夷所思,可罗丽打一开始就认定这里了。经过三天三夜的长途跋涉,她终于选择了一处山洞。

这个山洞可谓得天独厚,洞口有一大片草地,不远处还有一个大水坑,水池边长满了各种花草及小树。山洞不是很深,没有想象中的阴暗、潮湿。更可喜的是,洞里面平放着一块三米多长的大石,罗丽惊叫着跳上大石,趴在上面,一动也不想动,她真是累坏了……不久后,山洞前面那个大水坑起了变化,从最初的波澜不惊变成了恶浪滚滚,水势越来越大,越来越凶猛,将岸边的花草、小树冲得东倒西歪,很快水漫过了草地,涌向了洞口,罗丽整个身子浸入了冰冷的水中。罗丽想大声呼叫,可她的胸口像压了一块大石头,怎么也喊不出来。她挣扎着,拼命地在水中扑腾。突然,她从山坡上滚了下去。她惊恐、慌乱极了,睁开双眼,发现自己竟躺在冰冷的地面上。

"好恐怖!太恐怖了!"罗丽急速地拍打着自己的胸口,猛地一个喷嚏将她从梦境中彻底拉了回来。她缩了缩肩膀,慢慢地从地上爬起来,随后伸了伸懒腰,缓缓地踱出了洞口。天空一片迷蒙,罗丽踌躇着茫然地向前走。不觉间竟来到了那个水坑边,她蹲下身去,将双手浸入水中洗了洗,一股温热透过肌肤渗入全身,罗丽在心里欢叫,难道这就是传说中的温泉?放眼回望,天也苍苍,地也茫茫,罗丽利索地褪去衣裙,慢慢地将自己疲惫的身躯浸入水中,并将自己从头到脚洗了个遍。氤氲的热气缓缓地升腾上来,将罗丽笼罩,如梦似幻。她索性游至水坑中央,半躺在水中。不知过了多久,远处传来牧人吆喝羊群的歌声。罗丽的衣服又湿又脏,她将衣服在温泉里洗干净,并将它拧干,用它擦拭身上的水珠。"完了,睡衣没拿!"她突然惊叫一声。离山洞还有一段距离,罗丽急中生智,随手从树上摘下一些柔软的枝叶,给自己做了一件胸衣,一件草裙。看着自己的土著打扮,罗丽很是满意。她盯着自己在水中的倒影,觉得宛如山中的仙子。她的兴致被彻底调动起来,接着给自己编了一个美丽的花环。如果有音乐,有篝火,罗丽恨不能狂歌乱舞一番。她满怀憧憬地回到山洞,就近拾了些枯草、树叶铺在石板上,然后将睡袋放了上去。她随手从包里翻出手机,糟糕,没电了!她支起身子,从包里搜出充电器,眼睛四下搜寻,然后,猛地一拍脑门,笑出声来,这山洞哪来的插孔呀。天渐渐暗了下来，罗丽取出太阳能灯、太阳能灶，开始给自己煮面。黑下来的天，暗下来的地，凭空添了几分诡异、神秘、清凉。罗丽吃完面，到水池边拾了些柴火，抱回洞来，将它们点燃。罗丽凑近火堆，拿出日记本，记下自己一天的经历。

不知过了多久，罗丽竟歪在火堆旁睡着了。

第二天清晨，池边的小鸟在树上欢快地啼鸣，罗丽缓缓睁开双眼环顾四周，好一会儿才反应过来自己身在何处。也不用赶着去上班，她从地上爬了起来，重新躺回到睡袋里。她闭上眼睛寻思，今天自己该如何度过呢？

这空寂的山洞，荒凉的山野，要找点事来做还真是不太容易。她重新穿好她的胸衣、草裙，决定到山上去碰碰运气。说不定，还能找到什么可口的野味呢。她踱到水池边漱了口、洗了脸，拾起一根枯树枝，用小石块将它打磨光滑，一根不错的手杖兼武器就做成了。她挂着手杖，沿着山路，向山上的林子走去。她不时地用手杖敲下来一两个松果、野栗或者其他一些叫不上名字的野果子。野果子或红得诱人，或绿得养眼，要不就是色彩斑驳得可疑，让她不敢贸然尝鲜。她拾起石块向浑身长满尖刺的野栗砸去，结果用力过猛，将它们砸烂了，白色的浆液与石块上的泥土混成一团。树上的东西不行，她开始在草丛中耐心地搜寻起来。不久，她发现了一小丛野山楂，它们长得真是袖珍可人。一个个只有玻璃弹珠那么大。罗丽摘了几串，挂在自己的草裙上。紧接着，她又发现了一小片野猕猴桃，摘下来一尝，酸甜可口。她一连吃了十几颗，还意犹未尽。于是，她又摘了不少，放在随身携带的塑料袋里。她干劲十足，用手杖敲击身旁的树干，栖息在树上的小鸟受到惊扰，惊慌失措地扑腾着翅膀，逃命去了。原来它们也和人类一样，遇到紧急情况，第一反应就是赶紧逃跑。看着这些"亡命之徒"，罗丽在心里寻思，如果这些鸟儿知道不久以后将是它们的末日，它们会怎么想、怎么做呢？还有罗丽身边的那些亲友，罗丽是不忍心告诉他们这个残酷的预言的。她的同事以及其他许许多多的人，她相信，他们当中一定有不少人知道玛雅人对2012年的诅咒，可他们怎么可以一个个装得像没事人似的？难道他们不是生活在这个世界、这个星球上的人类？想想他们、想想人类，他们一直以来是怎样作践、蹂躏这个我们赖以生存的星球的？那林中的一草一木不是大地母亲的长发吗？可人类却在毫不吝惜、永不满足地拔除它；那江河湖海中奔涌的不是大地母亲的血液吗？可人类却在恶意地用生活垃圾、工业废物毒害它；那高山平原不是大地母亲的血肉之躯吗？可人类却用炸弹、挖掘机来摧残它……看吧，看吧，人类一直以来都对我们的大地母亲做了什么，现在人类的恶行就要狠狠地遭到打击与报复。可身边的人们为什么那么麻木，那么无动于衷，难道他们在鄙视、在怀疑这种报应？罗丽实在是太气愤、太无语了……

大地母亲仿佛感受到了罗丽的悲悯，她在罗丽的脚下猛烈地颤抖了一下。罗丽感受到了，真的感受到了大地母亲的震颤。她双膝跪地，热泪长流，额头点地。这一时，这一刻，罗丽不再恐慌，不再焦虑，她感觉自己重新变成了一个婴孩，紧紧依偎在大地母亲的怀里。

罗丽感到了从来没有过的轻松与宽慰，她带着采摘来的野花、野果，慢慢地走回山洞。一回到山洞，她就拿出日记本，记下了这激动人心的一刻。

黄昏时分，她来到水坑边，美美地泡了个澡，早早钻进睡袋里躺下了。一夜无梦，她睡得香甜极了。

第二天醒来的时候，天空阴沉、灰暗得厉害。如果不是肚子"闹意见"，罗丽还不知道要睡到什么时候。她到水坑边简单地洗漱一番，吃了点面包，喝了一盒牛奶，就朝洞外走去。她可不想总是吃快餐、啃面包，得给自己弄点粮食来吃。这山可真大、真空旷，她手作喇叭状对着山谷大喊：有人吗？声音传出很远，又被弹了回来。她在山间转悠了半天，只见着几只吃草的小山羊。她本想在这里等牧羊人，可实在又冷又饿，她一边吃着沿途摘的野果子，一边慢悠悠地往回走。刚走到山脚下，她感到脚底下猛地一颤，连树枝都晃动了，树上的叶子纷纷飘落下来。她的心猛地一跳，开始了！开始了！来临了！来临了！末日的审判，末日的复仇，竟提前到来了！

　　罗丽一路惊叫着、奔跑着，也不知道过了多久，大地恢复了平静，罗丽才心惊胆战地回到洞里面。她紧紧地裹着睡袋，心情久久不能平静。她拿出日记本，记下了自己的无助与恐慌。

　　那一夜真的是好阴冷、好漫长，罗丽鼓足勇气，去拾了些枯树枝，颤抖着双手将其点燃，然后无助地盯着火堆发呆。夜真的是太阴冷、太漫长了，静寂中仿佛隐藏着许许多多巨大的恶魔，它们一个个张牙舞爪地前行，向着自大、傲慢、无知的人类进发。它们的脚步将山也震动了，将地也震抖了，还有那风声传过来的狂吼与怒啸，也越来越近了……山在抖，地在颤，罗丽也在一刻不停地颤抖，这种煎熬、这种恐慌、这种焦虑让她简直要大喊：要来就早点来吧！

　　"轰——轰——轰隆隆！"雷声大作，急雨落下，罗丽惊慌地冲出洞口。来了！终于还是来了！"轰——轰——轰隆隆！"脚下的地在震颤，远方的山川在崩塌、倾倒……罗丽绝望、疯狂、茫然地向前奔跑着、呐喊着，2012年世界末日，来了！世界末日来了!

不远处仿佛亮起了灯,无数盏若隐若现的灯,罗丽疯狂地奔向那亮光、奔向那希望。她在暴风雨中,在崎岖的山路上无数次跌倒又爬起来,继续奔跑。那光仿佛在与她赛跑,她追呀赶呀,追呀赶呀……终于瘫倒在地,再也没有爬起来……

黑暗,无穷无尽的黑暗,漫无边际的黑暗,终于,有一束微弱的亮光在迷蒙中闪烁,罗丽费力地搜寻,想努力辨清这亮光的方向……

"醒了!醒了!"无数个头颅一齐凑近,罗丽动了动嘴,却发不出一点声响。几天以后,罗丽才彻底清醒。原来是地震——大自然对人类的又一次严厉的警告。罗丽正是被地震救援队的医务人员发现并带了回来。

救援队里有不少媒体记者,他们纷纷要求采访罗丽,也给她拍了不少穿树叶胸衣、草裙的照片,还有她住过的山洞,她用过的太阳能灯、太阳能灶。罗丽对自己几天来噩梦般的经历讳莫如深,只说自己是来避难的。可这些好事的记者哪里肯放过她?他们拿过太阳能灯、太阳能灶,指着上面的商标,质疑罗丽的行为是一次商业炒作。罗丽的行为最终惊动了电台、电视台……罗丽所在公司的老总还亲自打电话慰问罗丽,并表示将派专车接罗丽回公司上班。一场悲剧就这样莫名其妙地演变成了闹剧。罗丽真的有些茫然失措、无所适从……

肺炎时期的爱情

农历腊月二十七了，家里的卫生还没开始做，二十九就要回乡下老家吃年饭……余兰边脱白大褂，脑子里边犯愁。今天下午无论如何得到超市，准备一些年货，也得去菜市场买一些菜，卫生只得晚些时候再做了。

回到家，魏明正在炒菜："兰，听说没有，那个新冠肺炎？""新冠肺炎吗？好像听说过。这几天事情太多了，头都是大的。"余兰换好拖鞋，瘫倒在客厅的沙发上来了个"葛优躺"。"你这段时间也是病人太多了，没顾得上看手机吧？现在手机里关于新冠肺炎的讯息满天飞。""是啊，烦死了！快过年了，怎么还有这么多病人？"魏明嗤笑一声："亏你还是大夫，好意思说这话，病人也是不舒服没办法，要不然谁没事大过年上医院呀！""算了算了，不说了，果果快出来吃饭，下午还有好多事情呢。唉，一天到晚写病历，搞得人头昏脑涨的。""宝宝快来吃饭，有你最爱吃的鸡腿。"魏明将一大盘炸鸡腿端上桌来。"又是炸鸡腿，也不看看你那宝贝女儿的'大象腿'。"果果一听，脸色立马晴转阴，噘嘴冲余兰吼道："不吃就不吃！"看着女儿气呼呼的样子，魏明怜爱地看着她说道："我家果果天生丽质，长得跟花儿似的，怎么吃也不会发胖。"他边说边夹起一个大鸡腿，放到果果碗里面。

果果斜眼偷瞟了一下余兰，就兴致勃勃地享受起她最爱的美食。看到女儿吃得津津有味，余兰忍不住笑出了声："真是个小馋猫！"

一家人有说有笑地吃完饭。下午难得两人都休息，魏明留在家里洗碗、做卫生，余兰去置办年货。也不知为何，每到过年就感觉要买的东西出奇的多，也不知平时日子是怎么过的。余兰特意从家里找出三个超大的购物袋，都是之前买衣服留下的。

犹豫半天，余兰还是决定骑电动车去，步行和开车肯定都不行。街上这几天像变戏法似的，一下子挤满了人和车。难不成过年大家都变成了"罗汉肚"，一下子胃口大得不行？反正大家就是着了魔似的拼命地买，好像市面上的东西都不要钱似的。余兰虽然心里犯嘀咕，可一到超市，也如同中了魔咒，鸡鸭鱼肉、油盐酱醋，还有一大堆零食和蔬菜，购物车一下子就塞满了。一大提卷纸实在放不下，只能用手拎着。收银台早已人满为患，只能老老实实排队。也不知等了多久，她好不容易才将东西搬上电动车，两只手勒得生疼。终于到了小区门口，她忙打电话让魏明下来支援。"怎么一下子买这么多呀！累坏了吧。""感觉还要买一袋米、一小袋面粉，还有牛奶、水果也没有买呢。"余兰懊恼地说道。"要不明天我再去买吧。""还真是大白天说梦话，你明天不用上班呀。""也是哦。""算了算了，好不容易休息，你还是别做卫生了，我们再跑一趟超市，将该买的东西一次性买回来。对了，门口的地毯也得换一块，还有对联。""要不开车去吧。"魏明边说边将东西暂时放在一楼的车库里面。余兰没好气地说："你也不看看街上的人和车。"

那天下午，一直到五点多，余兰家里的年货才算购置得差不多了。看着大包小包的零食，果果欢呼着一下子扑上来："太好了，我正好肚子饿了。哇，这么多福利，我太……太幸福啦！"余兰气喘吁吁地说："累死了。宝贝，给爸妈每人倒杯水怎么样？"魏明笑嘻嘻地说道："得了吧，这个小家伙有了零食还会理咱们吗？还是我来倒吧。""也就是你，总是这样护着她。""小孩子嘛，到了饭点她也饿了。唉，我也是在超市转晕了，要不我去烧水，等会儿煮面条吃算了。"余兰有气无力地说："随便吧。晚上还得做卫生，还要卤肉。"

　　吃晚饭的时候，魏明又提到了新冠肺炎："兰，你真没听你们科室的人提到这个肺炎吗？"余兰说："倒是听他们在那儿议论来着，好像说有一种新型冠状病毒引发的肺炎，还说海鲜市场有好几个人感染了。""网上也是这么说的，对了，爸爸不是在这附近做事吗？幸好他们已经回来了，听说过两天还要封城呢。""不会吧，有这么严重吗？妈妈还让我们后天回去吃年饭呢。""可他们刚从武汉回来，要不今年还是算了吧。""我爸爸他们又不在海鲜市场打工，再说了，我哥他们今年没有回来，两个老人在家过年太冷清了。"可魏明还是有些担心。晚饭后，余兰给爸爸打电话，可无论她怎么解释，老头子都坚持要他们一家回去吃年饭。

　　二十八号去医院上班，她隐约感觉科室的气氛有些紧张，医院专门设立了发热门诊，科室有些病人也陆续要求出院。她妈妈不放心，一早打电话来，让他们一家明天早点回去，可魏明担心果果，不敢回去冒险。余兰左右为难，想到妈妈今年上半年在武汉做心脏搭桥手术，她也没有好好去照料一天，如果过年再不回去看望一下，还真是说不过去。她和魏明商量了一晚上，也没有商量出个所以然。

　　二十九号上午她还得去科室查房，不到十点，老头子就不停地打电话来催，小两口只得缴械投降。余兰特意买了两盒补药，准备带回去给她妈妈补一下身体。离老家虽不太远，无奈路上车流量大有点堵，魏明一路左冲右突，到家时已经是下午一点多了，爸爸妈妈早已准备了一大桌酒菜。虽说只有五个人，可吃吃喝喝也闹了将近两个小时。午饭后一家人坐下来看电视、聊天，不一会儿天就暗了下来。等到吃完晚饭，天已经黑透了，果果有些不耐烦，嚷嚷着说外婆家好冷，吵着要回家。余兰妈妈心疼孩子，也忙催着他们回去。

大年初一一大早，余兰的右眼皮一个劲儿直跳。她正在卫生间洗漱，手机突然响了，一看，是老头子打来的。"哎呀，兰兰呀，你妈病了，昨天就有点低烧，吃了药也不见好，今天烧得更厉害了。""怎么回事？不会是……"余兰心里不由得咯噔了一下，"赶紧，赶紧到医院来，还有你和妈都记得戴上口罩，拿上医保卡、身份证和日用品，搞不好要住院。"

到医院发热门诊一检查，情况很不乐观，门诊部的杨主任建议立刻送往区医院。一听要进隔离病区，余兰爸爸急了："你妈一向身体不好，这下怎么办呢？"很快，余兰接到医院指示，他们一家也得居家隔离。余兰妈妈确诊了，余兰爸爸也被送往医院的隔离点。

余兰虽担心爸妈，可不能探视，只能干着急。初二晚上，果果突然喊喉咙疼，余兰连忙给她测体温，魏明见状，气不打一处来："我就说危险吧，亏你还是大夫，一点警惕性也没有。现在怎么办？万一果果……"余兰的眼泪一下子就出来了，妈妈和爸爸还在医院里面，如果果果也……她深吸一口气，小心翼翼地从果果腋下取出体温表，下意识地闭了一下眼，心里默念一声"上帝保佑"，再仔细瞧着体温计上面的刻度，38.6 ℃。余兰一下子蒙了。魏明等不及，一把抢过体温表，举在眼前看了又看，嘴里不停地念叨:"怎么办?怎么办?果果不会有事吧?"果果看见妈妈流眼泪,也不由得哭了。余兰忙用手抹了一下眼泪,从小药箱里面抽出一根棉签,对果果说:"果果别怕,没事,妈妈帮你看看喉咙。啊——把嘴巴张开。"看到女儿右侧的扁桃体又红又肿,余兰暗暗松了一口气:"没事,应该是老毛病,扁桃体发炎了。"魏明忙倒水给女儿吃药。果果吃完药,喊头疼,自己乖乖爬到床上躺下了。余兰用温毛巾敷在她的头上,不到半个小时,果果开始出汗,体温也慢慢降了下来。

　　第二天,果果还有点低烧,接连吃了两天药,体温总算控制住了,余兰和魏明这才放下心来。可不幸的是,余兰爸爸也确诊感染了新冠肺炎,两个老人如今都高烧不退,特别是余兰妈妈,本来就心脏不好,已经下了几次病危通知。可再危急,余兰也不能去看望他们,她急得寝食难安,一连几个晚上从噩梦中惊醒。由于晚上没有睡好,她感到头昏脑涨,四肢乏力,一天到晚躺在床上偷偷抹眼泪。果果刚好,余兰就在家里待不住了。

　　"听说青海的医疗队要过来支援,你这样急着要上一线,是不是想和那一位并肩作战呀。""青海?"一个熟悉的名字瞬间在她脑海里闪现,"你怎么知道刘星要来呢?""刘星,叫得多顺口!多亲热!你没看同学群吗?大家都说他要过来。""什么时候了,还这么无聊。我这两天担心老头老娘,哪有心思看手机呀。"

　　"那你干吗这么急着要去参加志愿医疗队呢?医院不是让你隔离两个星期吗?这才几天。"

　　"可医院现在要派医疗队去区医院隔离病区支援呀。再说了,爸爸妈妈都在那儿住院。"

　　"你们医院医护人员多的是,再说了,你还在隔离期间。"

　　"要是谁都这么想,那就没人去了。再说了,我也隔离观察了好几天,应该没事,等会儿我就去医院抽血化验一下。"

"你就舍得我和果果?兰儿……"魏明的声音都变了。

余兰斜着眼睛瞪了他一下,转身回卧室换出门的衣服。余兰最受不了魏明的矫情。当初刘星一心要考研,而余兰的英语差得要命,魏明苦恋余兰整整四年,终于看到了希望的曙光,毅然放弃考研,自告奋勇陪余兰回武汉。

检查结果一出来,余兰就申请上一线。她特意去超市买了很多果果爱吃的水果和零食,还有一些日用品和蔬菜。魏明突然变得异常沉默,一天到晚手机不离手,余兰也懒得理他。她将家里里里外外都打扫干净,碗筷也用84消毒液清洗消毒,每个房间也重新用酒精喷洒了一遍。

睡前洗澡的时候,她盯着镜子里那张略显苍白的脸和微微下垂的右乳——那时喂养果果没注意,晚上总是让她躺在自己的右侧臂弯里吃奶,结果,母女俩都睡着了。等过了哺乳期,才无意间发现这个问题。左侧乳房倒还坚挺,不过乳晕旁边有几根碍眼的黑色毛发,她连忙找出一把小巧的眉毛剪,小心翼翼地将两侧乳房上面几根显眼的毛发清理掉。总算看上去好点儿了,可下腹部那道长长的蜈蚣状的疤,却显得特别扎眼。唉!余兰不由得轻轻叹了一口气。也不知刘星现在怎样了,不会也变成一个"油腻大叔"了吧。

躺在床上,余兰一想到明天就要投入到从未经历过的抗疫斗争中,就有些莫名的激动与忧虑。如果去区医院支援工作,很有可能遇见爸爸妈妈,也不知道二老现在怎样了。另外还有刘星,几次同学聚会他都没有来,听说已经离婚了。为什么要离婚呢?是不幸福吗?还是……余兰重重地翻了一下身。"太兴奋睡不着吗?"魏明阴阳怪气地低声问道。"无聊!"余兰哼了一声,又快速翻过身去。魏明从她背后伸出手来,将她紧紧拥入怀里:"兰儿,我知道你仍在想着他,你不会不要我了吧?""这么多年了,你累不累?明天防护服一穿,谁认得出谁呀。再说了,我现在都成黄脸婆了,人家堂堂大教授哪里还看得上眼。""谁说是黄脸婆,兰儿最美了。""别酸了,睡吧,明天还要早起呢。""兰儿,我害怕,你平时身体本来就不太好。""没事,我注意一点。再说了,爸妈都在那里,我去了才安心。"

那一晚,余兰也不知道什么时候才迷迷糊糊地睡着。睡梦中,天空飘落无数白色的小精灵,她不由得欢呼起来:"下雪啦!"费力睁开眼睛一看,窗外白茫茫一片,真的下雪了。她下意识地看了看手表,快八点了,余兰忙起床洗漱。

餐桌上有魏明煮好的水饺,吃完早餐,余兰轻轻推开果果的房门,看着熟睡中的女儿的小脸蛋,她不由得会心地笑了。刚到楼下,魏明的短信就来了:"兰儿,一定要平安回来!回来时也要记得带回你的心。"

总是这样矫情!余兰边无奈地摇了摇头边往医院赶去,还不知隔离病区如今是怎样一个情形呢。

余兰虽说已经在医院工作了将近二十年,可一穿上防护服走进区医院的隔离病区,整个人瞬间有一种投入战斗的感觉。第一天来主要是熟悉一下区医院的办公环境和工作流程。青海专家团来了三位大夫在现场指导工作,可余兰并未看到那个熟悉的身影。可能他去了中医院的隔离病区吧,余兰不由得这样猜想。第二天查房的时候,余兰总算看到了她的爸爸和妈妈,可也只能简单地交流几句。余兰的爸爸还好,只是轻微咳嗽。可她妈妈的病情很不乐观,不光一直高烧不退,还出现了咳嗽、呼吸困难、腹泻等症状,偶尔还会咯血。老人家本来心脏就不好,现在又感染了肺炎，真可谓雪上加霜。区医院已经接收了好几十名确诊病人，每天还不断有新的病人住进来。一连好几天，余兰都在隔离病区忙得团团转。实在累了，她就在值班室躺一会儿。一周过后，余兰爸爸的咳嗽差不多好了，可余兰妈妈的病情越来越严重了。她爸爸和妈妈不在一个楼层，老头子总吵着要去看老伴。余兰只能安慰他道，妈妈好些了，等你好了再说吧。你也知道医院的规定，病人之间不能随便串门，以免交叉感染。余兰有时去看妈妈，她妈妈咳嗽得很厉害，连说话都没有力气，也吃不下什么东西，晚上也睡不好。偶尔余兰给她送点牛奶，她也总是急着赶女儿出去。有一天，妈妈偷偷塞给她一张小纸条，上面歪歪扭扭地写着几行字："兰儿，你个傻丫头，怎么跑到这么危险的地方来上班呀。不过你是医生，来了就好好干！千万保重自己的身体，照顾好爸爸，不要太为妈担心。即使我死了，你和你爸也不要太伤心。"余兰看了，心里很不是滋味。她强忍住泪水，拉着妈妈的手笑着对她说道："你也知道你的女儿是医生呀！你放心吧，有女儿在，一定把你的病治好。爸爸现在差不多好了，放心，你也很快会好的。"余兰妈妈流着眼泪，点了点头。

话虽如此，可余兰心里一点把握也没有。她每天忙完手头的工作，就开始大量翻阅、查找有关新冠肺炎的资料。一天深夜两点多，她刚接诊完一个病人，就感觉头疼得厉害，浑身一点劲儿也没有。当班护士见她满脸通红，忙用体温枪给她测试体温，体温枪很快发出红色预警，显示体温为 38.5 ℃。余兰见状，立马让护士也赶紧测量一下，所幸护士体温正常。

余兰现在再怎么着急，也只能待在医院专门预订的酒店里面等着自己的核酸检测结果，她还特意叮嘱同事不要将她发烧的事情告诉她爸妈和老公。她吃了两颗药，简单洗漱了一下，就躺倒在床上。她虽又累又晕又困，可脑子里面不肯消停：应该不会这么倒霉吧，应该就是普通的感冒发烧吧，毕竟这几天太累了，防护服穿着又闷又热，大冬天也老是闷出一身汗，呼吸也不通畅。我如果感染了，爸妈怎么办？还有果果……不知不觉间泪水缓缓流进了余兰的耳朵，她再也忍不住了，掩面失声痛哭起来……

　　余兰哭着哭着不知什么时候竟睡着了，这一觉她睡得好深好沉，连梦也没做。也不知过了多久，隐约传来一阵敲门声，她以为是工作人员来给她送餐。她冲着房门口喊道，是来送早饭的吗？放在门口的椅子上面吧。可敲门声还在固执地响着，余兰只能从床上爬起来，穿上拖鞋，睡眼惺忪地将房门打开。"你还好吧？我特意给你带来了一碗热稀饭，还有退烧药。"一个充满磁性的男中音在门口响起。"我的个天呀，是刘星吗？"余兰惊呼道："你怎么过来啦？""过来给你这个病号查房呀。你感觉怎么样，还好吧？""还好，谢谢！就是感觉没睡醒，哎呀，我还穿着睡衣呢。"余兰边说边慌忙躲进被子里。见刘星一直站在门口，余兰接着说道："不好意思，你将东西都放在椅子上吧。""没事，你现在是病号嘛，不用那么讲究。""你知道我是病号，还不赶紧离开。只能等我好了，再请你吃饭。""别忘了，我是来干啥的，哈哈。"刘星爽朗地笑了笑说："我现在帮你测一下体温。"他边说边拿起体温枪对着余兰的额头扫了一下，"36.8 ℃，放心，正常得很。你就是太累了。我刚刚去看了一下叔叔和阿姨，叔叔还好，阿姨现在的情况比较危急，常规药恐怕不行。我已经给我的一个朋友打了电话，让他快递几盒克力芝过来。""克力芝？这好像是治疗艾滋病的药吧？""这个药一般用于艾滋病的治疗，可你妈妈现在这个情况比较特殊，你相信我，前不久有个病人也是用了这个药，病情才慢慢好转。""真的吗？太好了！太谢谢你了！"

"跟我不用这么客气,你就安心休息几天。叔叔阿姨这几天有我照看着,你就放心吧。""怎么好意思劳驾你这个大教授呢。""都什么时候了,还说这些生分的话。你趁热吃饭吧,吃完再好好休息一下。我有时间再来看你。"

看着刘星离去的背影,余兰的心久久难以平静。她重新躺下,可一点睡意也没有。岁月好像并没有在刘星脸上留下什么痕迹,他仍是那么清瘦、文雅,而她自己竟是蓬头垢面、一脸病容……也不知他是从哪儿听说了余兰的情况,还特意跑来看她。一想到妈妈的病情有可能会好转,余兰更是百感交集,看来这个男人还真是挺重情重义的呢。如果当初……唉!都过去这么些年了,哪还有什么如果……

第二天中午,刘星亲自将余兰的核酸检测报告单拿来给她看,原来真的是虚惊一场。不过,刘星还是执意让她再做个肺部CT看看。CT结果很快就出来了,没什么问题。余兰迫不及待地想回隔离病区上班,可院领导为了安全起见,让她再休息两天。其间,魏明不时会打来视频电话询问她爸妈的病情,也再三让她保护好自己。余兰有时也会和果果视频,说说话,叮嘱她在家要乖,要好好写作业。

等余兰回隔离病区的时候,刘星已经离开了。她妈妈吃了几天刘星朋友寄过来的药,烧已经退了,虽说还在咳嗽,可整个人精神好多了,偶尔还能吃点稀饭。病区的病人每天还是有增无减,医院里面已经人满为患,两周过后,余兰爸爸和其他几位症状较轻病人的核酸复查都转阴了,于是医院将他们转入专门的医学观察点。余兰爸爸虽说想留下来照顾老伴,可按规定,他得去医学观察点再隔离14天。幸好有余兰在,她妈妈的病情也渐渐好转了,老头子去隔离点那天,反复叮嘱余兰要保重自己的身体。

　　日子又回到以前的样子，余兰一如既往地忙，她也顾不上想太多。不知不觉间一个多月过去了，她妈妈也转入了医学观察点。一日，刘星发来微信，说使命已基本完成，他们要回青海了，让她多保重身体。余兰一想到自己连送都不能去送他，心里不免有些失落。不过，她现在还在隔离病区，她的使命还未完成，这也是没有办法的事情，只能发微信对他表示感谢，并祝他一路顺风。刘星很快回复道：让我们一起努力，一起期待抗疫的最后胜利，也期待早日重逢！请多珍重！

　　是啊，在这种特殊时期，健康第一！身体第一！让我们各自珍重吧！余兰不由得在心里感叹道。

桃　园

一

天渐渐暗下来，起风了，窗玻璃被摇得"嘭嘭"直响。一道闪电划过天际，很快下起雨来。哑巴阿山慌忙戴上斗笠，抓起一把旧雨伞，向门外冲去。

小桃该放学了，可不能让雨水给淋湿了。阿山加快步伐，经过藕塘时，惊见小桃正坐在水边哭呢。"你——啊——啊——"阿山急了，忙扔掉雨伞，伸手去拉小桃。见是阿山，小桃哭得更厉害了，抽抽搭搭地说："衣服——我的衣——服，我本来想摘片荷叶挡雨，可一下就滑下去了，呜呜呜……"

"不——唔——唔——"阿山焦急地摆着手，安慰道。阿山小时候发高烧，烧坏了嗓子，可听力丝毫未损，成了俗称的"一口哑"。

看着阿山焦急的模样，小桃破涕为笑。她一下跳起身来，对阿山说："算了，算了，我们回家吧。"

此刻，湿透的短衫紧贴在小桃含苞欲放的身体上，阿山见状，脸"唰"的一下红透了，他慌忙转过身去，脱下自己的短袖衬衫递给她，不等小桃穿上，就疾步往前走去。小桃披上衣服，紧追几步，冲着他的背影喊道："哥，干吗走那么快呀？等等我，等等我。"

阿山低着头，放慢了脚步，到家时，桃花正拿着一根彩带在院子里手舞足蹈，宛如一名舞蹈演员。老瘪正清理满屋的废品，不时抬起头，饶有兴致地看一眼跳得正欢的桃花。见小桃回来了，桃花停止"表演"，欢快地迎上去，亲切地说道："小桃回来了。"

小桃冷着脸，瞄一眼她手中有些褪色的彩带，径直向里屋走去。老瘪见了，边起身往厨房走去边说："哎呀！小桃都淋湿了，快用干毛巾擦擦。我给你烧洗澡水去。"

小桃洗完澡出来，老瘪已弄好了晚饭。桃花一个劲儿往小桃的碗里夹菜，笑眯眯地说："快吃，多吃点。"小桃盯着自己衣服上的补丁，一点儿胃口也没有。她的衣服都是老瘪平日里捡垃圾捡回来的。上次，老瘪好不容易给她带回一件八成新的短衫，不承想，今天又给弄脏了。她扭头望着窗外的桃树，花瓣被雨水打落了不少，薄薄地铺了一地。正看得出神，阿山轻轻地用筷子敲了敲她的碗沿。她回过头来，无精打采地往嘴里扒饭。

这学期读完，小桃就初中毕业了。她家的小屋建在田间的桃园旁边，附近村民的闲言碎语不时会随风而至。本来也是啊，这附近，家庭条件再好的女孩子，初中一读完，也就不往下读了。要么外出打工，要么在家待着。女孩子嘛，迟早要嫁人，读再多书也没用！可她一个捡垃圾出生的，还在那儿较什么劲。你学习再刻苦有什么用？成绩再拔尖也是枉然。有时，小桃想着想着，真的不想继续读下去了。

眼看要中考了，小桃却怎么也提不起精神。她常常坐在窗前，望着窗外的桃树发呆。桃花早已随风飘落，树上长满了茂密的绿叶，有的还结出了毛茸茸的果子。桃树为什么不是先长叶，再开花，后结果，而是等花落了，重新长出新叶来，再结果呢？而那痴痴呆呆的桃花，她为什么只是长得面若桃花，脑瓜子却不像其他人那样灵光呢？

阿山也察觉到了小桃的不开心。他暗暗在心里想道：兴许小桃是因为没有新衣服穿，才不开心吧？女孩子不是都爱俏吗？再说，小桃的生日快到了，我一定要想办法让她高兴起来。

小桃生日那天，阿山一大早就神秘兮兮地将她拉到小屋内，示意她闭上眼睛，然后变戏法似的将一件粉色连衣裙展示在她面前。小桃惊喜地张大嘴巴，"啊"的一声将连衣裙抢过来，抚摸着衣裙上的花边，激动得一个劲儿地问阿山："这裙子是哪儿来的？是新的？崭新的？你买的？哪儿来的钱？"

"唔，唔，唔——"阿山神气得像一只骄傲的花孔雀，自豪地点着头。

小桃小心翼翼地提起裙子，在胸前比试着，两只水汪汪的大眼睛里放射出欣喜的光芒。看着小桃兴奋的模样，阿山心里感觉比吃了蜂蜜还甜。

他正暗自庆幸，小桃的脸色兀自黯淡下来。她沮丧地将裙子扔在床上，没好气地说："现在买这个裙子有什么用？我马上就要毕业了，在家里穿那么漂亮干吗？难道还指望着上了高中穿？"

"唔，唔，唔——"阿山又肯定地点了点头。"唔唔唔，唔个屁！"小桃皱着眉冲他吼道，随即转身回到自己的小房内，将门关得死死的。阿山不知所措地跟了上去，一个劲儿地拍门。可小桃怎么也不肯将门打开，阿山见状，只能无奈地转身，重新将裙子叠好，放在衣柜里。随即他悻悻地拿起锄头到桃园忙活去了。

小桃久久地呆立在窗前，桃林里，阿山的身影不时从她眼前掠过。夏日的骄阳将他裸露的臂膀晒得黝黑发亮,望着阿山轮廓分明的脸庞、挺拔的鼻子、发达的胸肌……小桃暗自感叹道,我的阿山哥,他多像我们美术课本上大卫的雕像啊!可就是这样一个长相近乎完美的男人,偏偏是个哑巴。光看他的容貌和身材,不知有多少姑娘会爱上他。想到这里,小桃的脸莫名地红了。

外面有了响动,定是老瘪与桃花又到外面捡垃圾去了。瘦弱的老瘪拉着长长的板车,板车上坐着娇美的疯女人桃花。桃花手持火钳,将沿途有用的废品都捡到板车上的箩筐里。这幅场景,想必在方圆几十里乡亲的脑海中都留下了深刻的印象。据乡亲们透露,老瘪的父亲早年加入了国民党,后来战死沙场,尸骨无存。母亲带着年幼的老瘪流落至此,不久也命归黄泉……

桃园的桃子长势很好,一个个又大又水灵,像娃娃羞红的脸。阿山看着硕果累累的桃园,笑得合不拢嘴。真希望今年的桃子能卖出个好价钱,这样小桃的学费就有了着落。阿山在园子里左顾右盼,摘下了三个又大又红的桃子。这段时间,小桃的学习可紧张了,整张脸瘦得只剩下两只发亮的大眼睛,得给她好好补补身体。

每逢节假日小桃一回来就钻进自己的小房间里面。她现在被功课压得喘不上气来,也没空去瞎想,只盼望着早点考完。

桃园里的桃子很快被老瘪和阿山"洗劫一空"。不久,小桃也迎来了她自认为是最后一场"决战"的考试。因为没有什么期盼,小桃倒落得一身轻松。她来参加这场考试,或许只是想证明一下自己,让自己少一些缺憾罢了。进考场时,小桃不禁暗自长叹了一口气。考试一结束,她再也憋不住了,跑回家大哭一场。

暑期一到,再也用不着做功课了,小桃变得无所事事。白日里骄阳似火,她哪里也去不成,便随手拿起笔,在纸上画了几朵桃花。她感觉挺好，索性摊开一张纸，画起了桃园。

晚上，她见阿山饶有兴致地盯着她的画看，便随口对他说："怎么样？美吧？要不，我教你画画，还有写字吧？你一天到晚不作声，闷死了。如果你会写字，我们就可以在纸上交谈了。"

"我，唔——唔——"阿山兴奋得直点头。

小桃见了，也很激动，只是以前她为什么没有想到这一点呢？虽然平日里阿山能够听懂她的话，可不能很好地交谈。有时，她真想知道，阿山心里到底在想些什么。他一定比自己还要苦闷，还要不开心吧。如果阿山能够用笔将他的心思写下来，那该多好呀。想到这里，小桃忙拿出一个小本子，对阿山说，现在，我们从你的名字开始学起。

终于有事可做了，小桃每天很卖力地教阿山。阿山的兴致更高，每天将小桃教给他的字写得烂熟。不出一个月，阿山能够写简短的对话了，不会写的字先注上拼音，然后查字典。阿山每写完一页，就在格子底下画上四朵桃花。小桃乐了，忙在本子上写道：你为什么要画四朵桃花呢？阿山羞涩地一笑，接过本子写道：四朵桃花，代表我们一家四口。小桃更乐了，写道：你和爸爸是男的，怎么也成了花？阿山笑而不答，下次写字，照样在本子上画上四朵桃花。

阿山白日里太忙，还得到工地去做工。一到晚上，蚊子就围着他打转。为了练字时感到凉快，他将自己的双脚泡在水桶里，然后像个勤奋的小学生一样，将"天、地、大、小"这些常见的字，每个字写一排，并在上面注上拼音。屋子里又闷又热，豆大的汗珠不断从阿山的额头上滴落下来，将练习本都打湿了。小桃心疼地拿着一把蒲扇站在他身后，边教他写字边替他扇扇子，很快自己也出了满身的汗。阿山见了，忙从她手中夺过扇子，替她使劲地扇起来。小桃无奈地笑着说:"算了,算了,你还是自己练吧。我到院子里乘凉去。"边说边往屋外走去。

桃花正悠闲地坐在院子里,手中拿着个蒲扇不紧不慢地摇着。见了小桃,她笑呵呵地说:"到这边来。"

"笑个鬼,也不知道帮爸爸清理一下废品。"小桃没好气地横了她一眼。桃花听了,倒也不恼,仍是微微地笑着。

一旁的老瘪听了可不依,忙转过头来冲着小桃喊道:"桃儿,别怨你妈。她也累了一天,让她好好休息休息。"

小桃娇嗔道:"你总护着她!"

老瘪笑道:"我也护着我们桃儿,呵呵,桃儿老师辛苦了!不知你的学生学得怎么样了?"贫苦的生活并没有将老瘪压垮,他总是乐呵呵的。

小桃娇俏地回了一句:"也不看看指导老师是谁,当然进步神速了!"老瘪听了,又"呵呵"地笑了起来。

闷热而又寂寥的暑期慢慢已接近尾声,桃园里的桃子早卖光了,枯黄的叶子落了一地。老瘪拉着长长的板车,干着他的老营生。上面坐着的桃花衣着虽然破旧,倒也整洁,头发梳理得一丝不苟,在脑后绾了个髻,头上戴着顶大草帽,眼睛专注地四处搜寻,像猎人搜寻他的猎物,手里的火钳一刻也不肯停歇。远远地走来一个熟人,冲着老瘪喊道:"老瘪,今年桃园好收成呀!这卖了桃子的钱该不是留给阿山娶媳妇的吧?"

老瘪笑眯眯地回道:"他大伯,小桃不还得念书吗?得给她攒下来做学费呢。"

那人听后,痛心疾首地说道:"你傻呀你,一个女娃子念那么多书干吗?况且,她……"老乡的话说到一半就打住了,用眼角的余光意味深长地瞟了桃花一眼,摇着头,叹了口气,离开了。

老瘪懊恼地瞪了一眼那人的背影，拉着板车继续往前走。

二

区重点高中的入学通知书早早就到了，小桃黯然地盯着它看了又看，随后将它扔在了自己的旧书桌上。九月一日，开学的日子到了。小桃一早就坐在饭桌前发呆。老瘪从口袋里掏出裹钱的旧手帕，递给小桃说："桃儿，快吃吧，吃完该去学校报到了。"

小桃愣愣地看着眼前这些花花绿绿的零头钞票，半晌才说："报什么到？我和同学都约好了，过几天到深圳去打工。"她故作平静地说着，眼泪却不争气地流了出来。

老瘪说："傻孩子，打什么工？不是有我和你哥吗？"

小桃抽抽搭搭地说："就我一个人去念高中，村子里的人不都得笑死？"

老瘪正色道："笑什么笑！我们小桃念高中又不是什么丑事。"

小桃脸上的泪还没有干透，她迟疑地问道："别人……别人真的不会笑我？"

很快，阿山推出一辆锈迹斑斑的自行车。他拉了拉小桃的衣角，"啊啊啊"地示意小桃坐上去。

"谁要你送？"小桃用手揩了揩眼泪，将钱小心地收好。

"傻孩子，让你哥送你去搭车吧！"

"我又不是不会走。"话虽如此，小桃还是乖乖地爬上了自行车的后座。

阿山显得比小桃还要兴奋，他跨上车，飞也似的向前冲去。

小桃坐在后面，紧紧地抱住他的腰。乡间的小路坑坑洼洼，将小桃的屁股都颠疼了。

"哎哟，太快了！哥，慢点，骑那么快干吗，呵呵呵……"小桃银铃般的笑声沿着田间小路飘出老远。

阿山听了，回头调皮地一笑，双腿蹬得更起劲了。小桃见状，伸出小手轻轻地捶打着他的后背，笑得更欢了。听着小桃愉悦的笑声，阿山的心欢快地跳起来。

到车站的路可真短，一转眼就到了。不一会儿，公共汽车开了过来。小桃轻快地跳了上去，回头对阿山挥了挥手，找了个座位坐下来。女售票员走过来问："到哪里？"小桃掏出一块钱，说："区一中。"

女售票员接过钱，疑惑地看了她一眼，说："小姑娘是去上学吧？""是的。"小桃羞怯地小声说道。女售票员赞许地冲她点了点头说："小姑娘真不简单！考上了城里的重点高中。"话音刚落，车上所有人的目光都一齐向她射过来，弄得她满脸通红，浑身不自在起来。汽车走走停停，很快挤满了人。小桃将自己的座位让给了一个怀抱小孩的妇人。细看之下，这妇人竟稚气未脱，估计比小桃大不了几岁。小桃盯着她的脸看了又看，不由得暗自庆幸。如果自己不读一中，说不定过两年也会像她一样结婚生子，早早地将自己的青春葬送掉。正想得出神，女售票员冲她喊道："区一中，到区一中的下车。"小桃回过神来，慌忙跳下车去，她刚站稳脚跟，区一中高大的校门便映入她的眼帘。

校门口聚集了不少人，小桃四下打量了一下，跟着人群来到报到处。去领生活用品的路上，正巧遇上了老同学燕子。燕子兴致勃勃地告诉小桃，自己高中三年寄住在姑妈家，不用住校，还热情地邀请小桃哪天上她姑妈家去玩儿。两个女孩子正叽叽喳喳地说着话,不远处走来一个四十几岁的女人,燕子见了,欣喜地迎上去喊道"姑妈,你来了!这是我同学小桃。"燕子的姑妈微笑着冲小桃点了点头,脸上显现出病态的红晕。小桃羞怯地同她打了声招呼,转身离开了。

　　天遂人愿,小桃和燕子分到了同一个班。她俩很快就变得形影不离。开学的新鲜感还未消退,燕子就邀请小桃周末到她姑妈家去玩儿。从燕子口中小桃得知,她姑妈患有很严重的心脏病,不能生小孩。看着燕子身上漂亮的衣裙,小桃心想,她姑妈一定将她视若己出,百般疼爱。燕子还告诉她,她姑父邱石是个著名的画家,尤其善于画桃花。

　　她俩一路有说有笑,不一会儿就来到一座精美别致的小楼前,燕子边掏钥匙开院门边说:"到了,这就是我姑妈家。美吧?"小桃愣了愣神,回答道:"哎呀,怎么还有这么美的房子?""快进来,里面更漂亮。"燕子拉着小桃,兴奋地往里走。偌大的庭院变成了花的海洋,红的、黄的、紫的、绿的……看得人眼花缭乱。院门两旁还一边种了一棵桃树。看着修剪得齐齐整整的桃树枝,小桃有一种似曾相识的感觉,她不禁想到她家的桃园。燕子的姑妈杨柳听到响动,早已从里屋迎了出来:"进来,小桃快进来,我家燕子常常念叨你呢。""阿姨好!"小桃微红着脸,同她打招呼。"别客气,快进来。既然是燕子的好朋友,就把这儿当作你的家好了。""是啊,快进来吧!"燕子笑盈盈地拉着她的手往屋子里走去。

　　宽敞明亮的大厅里铺着光可照人的地板,天花板上挂着璀璨夺目的水晶灯,小桃虽特意穿上了阿山哥给她买的新衣裙,可脚上的旧布鞋让她羞愧得不敢向前挪步。燕子见了,宽慰她说:"别怕,那么紧张干吗?"燕子又随手递给她一双拖鞋。小桃涨红着脸，光着脚怎么也不肯将拖鞋换上。"那你穿我的，行了吧？"燕子边说边将自己的拖鞋递给了她。小桃用手拍了拍脚底，这才微红着脸将拖鞋换上。

"来，来，我带你到我姑父的画室看看，你不是也喜欢画画吗？"燕子边说边拉着小桃的手，"笃笃"地往楼上跑去。听燕子讲，她从小就是姑妈家的常客，姑妈很喜欢她，姑父也很疼爱她。只是每每姑妈提及将燕子过继之事，姑父就避而不答。多年过去了，过继之事也就不了了之了。

推开画室的门，一股颜料特有的香气扑面而来。画室里除了画板、画架、几张零散的画作外，屋里只贴了两幅画。小桃来到近处的一幅画作前，映入眼帘的是一大片桃园，在绚烂开放的桃花中，隐约可见一个俏丽女人的侧影。画中的色彩浓郁而鲜艳，大胆而脱俗，颇有几分凡·高的风格；画的边缘题了几个字："人面桃花相映红""桃花源"。看着满眼妖艳的红，小桃不由得一阵眩晕，她忙转身向另一幅画看去。这张画画的是一个妙龄少女，金鸡独立状，挥舞着手中的彩带。看着少女手中的彩带，她不由得想到桃花，她手中不是也有这样一根彩带吗？小桃的心狂跳不已，呼吸也变得急促起来。她慌忙往画室外走去。

"你怎么啦？不看了？"燕子疑惑地跟上去，"不过也是，我姑父也真怪，画了那么多画，可只挂了这两幅在墙上。听说，这还是他大学期间画的呢。平日里，他不太喜欢别人到他画室里面来。我是看你喜欢画画，才偷偷带你进来看看。一会儿见了我姑父，千万别说我们上这儿来过。"说完，她还调皮地冲小桃笑了笑。见小桃愣神不作声，她忙又问道："想什么呢，那么出神？走，走，还是到我房里去玩吧。"

小桃默默地跟在燕子身后，刚走到房门口，就听见她姑妈在下面喊她们吃饭。午餐很丰盛，有些菜小桃连名字也叫不上来。可她没什么胃口，燕子和她姑妈一个劲儿往她碗里夹菜，她盛情难却，勉强将一碗饭吃完。临走时，刚好碰上燕子的姑父，燕子热情地为他俩互作介绍，小桃礼貌地喊了声"叔叔"，燕子的姑父微笑着抬起头，应声看向小桃。看着小桃似曾相识的脸，他惊讶得张大了嘴巴，愣在那里半天不作声。燕子见状，在一旁打趣道："姑父，怎么啦？没见过美女啊？"说完调皮地掩嘴窃笑。姑妈在一旁嗔责道："这孩子！没大没小的！"小桃早已羞红了脸，快步向门外走去。

三

小桃乘车回到家中，桃花正欢快地在园子里挥舞着彩带。虽然旁边没有一个观众，可她跳得专注而投入。看来，她的病又犯了！小桃静静地看着她，看着她手中舞动的彩带，她不由得想到了那幅画……

"别跳了，真烦！"小桃焦躁地冲桃花大吼道。桃花哪里肯听，或者压根儿就没有听见，舞得更欢了。

小桃皱着眉头，冲她狠狠地跺了跺脚，转身回屋去了。她变得心烦意乱，作业也做不下去了。窗外桃树上的果子已经不见踪影，树枝显得光秃秃的。果子早已进入形形色色的人的腹中，被消化掉，可那些娇艳的花儿上哪儿去了呢？那幅画——那幅画中的桃花开得正艳呢！想到这儿，小桃懊恼地摇了摇头。她索性躺倒在床上，一把抓过枕头蒙住自己的头。

九月的天气稍微有些闷热，不知不觉中小桃竟睡着了。正睡得香，鼻孔里突然一阵奇痒难耐。蒙眬中，她以为是蚊子，下意识地扬起手赶。蚊子没打着，倒是将自己的睡意给赶跑了。睡眼惺忪中，她瞧见阿山正笑嘻嘻地站在床头，"又是你，你这个捣蛋鬼！"说完，她起身去抢阿山藏在背后的桃树枝，将其夺过来后，假装气恼地轻轻抽打了阿山几下。阿山也不躲避，只是笑着用手语对她说道："吃——啊啊啊——"

"好了！吃饭，吃饭。"小桃也闹够了。中午在燕子的姑妈家吃得不自在，这会儿肚子还真饿了。

刚拿起碗筷，老瘪就笑着问她："同学家好不好玩儿？"

小桃淡淡地说："就那样。"说完，瞄了一眼身旁的桃花。桃花正仰着头，呵呵地傻笑呢。

"同学的父母对你不好吗？"老瘪不解地问道。

"真是的！我又不是去她家，是去她姑妈家。"

见她脸色不对，老瘪忙将要说的话咽了回去。

饭后，小桃起身收拾碗筷，被阿山一把夺了去。他笑着示意她回房做功课。小桃心里正烦着呢，也就由他去了。她搬了一把椅子，懒懒地坐在院子里乘凉。桃花见了，也搬来一把椅子，挨着她坐了下来，柔声说道："桃儿，你在学校过得好不好？"看来她这会儿又清醒过来了。小桃盯着母亲秀丽的脸庞，难受得半天说不出话来。要是母亲没病的话，那该多好啊！

见小桃不吱声，桃花关切地问道："桃儿乖，桃儿病了吗？是不是哪里不舒服？让我看看。"边说边伸手去摸小桃的额头。

小桃不耐烦地将头扭到一边，负气道："我到处不舒服，特别是见了你，我更不舒服！"见小桃发火了，桃花吓得一下子躲进屋子里去了。

"怎么跟你妈说话呢！"老瘪用少有的严厉语气呵斥道，并很快从垃圾堆里立起身来，跑去安慰桃花。

小桃索性躲进里屋，嘤嘤地哭了起来。阿山见状，冲着老瘪生气得直跺脚。他在小桃的房门口犹豫了一会儿，试探性地推了推门，门一下子就开了。他轻手轻脚地走进去，小桃正趴在枕头上哭呢。他弯下腰，轻轻拍打着小桃的肩头，像是安慰哭泣中的婴儿，眼里充满了爱怜。哭到伤心处，连小桃自己也犯迷糊。自己不一直都是这样生活的吗？为何去了一趟燕子的姑妈家，就生出诸多感触？

"走吧，我教你写字！"小桃猛地从床上跳下来，抬起手臂擦了擦眼泪，没头没脑地说了一句。

见小桃不哭了，阿山这才松了口气，嘴里还"唔唔啊啊"地叫个不停。

四

再说燕子，刚回到房间，她姑父就走进来找她，并随手将房门掩上。

"姑父，有事吗？"燕子不解地问道。

"没，没事，就是想和你随便聊聊。对了，刚刚在门口遇见的那个女孩是谁呀？"

"她呀，是我的同学加好友小桃！"

"哦，小桃？好耳熟的名字！蛮可爱的一个小姑娘！什么时候再约她来玩儿吧。到时候我陪你们吃顿饭，说说话。"说完，他不等燕子作答就转身离去了。燕子一头雾水，姑父平时可没这么平易近人。

一到学校，燕子就兴奋地将姑父的话告诉了小桃。小桃淡然地说道："再说吧！""那你这个周末还去不去我姑父家？"燕子追问道。

"去多了不好吧?"

"看你说的,我姑妈就不说了,只要我喜欢,她就喜欢;难得的是,连我姑父也说你可爱。这也就是说,他们都很喜欢你,希望你常去。"

"是你这么希望吧?"

"我还用说?我巴不得你和我一起住在她家,那该多美!"

"做你的黄粱美梦吧!反正我不想去。"

"为什么?"

"就是不想去。"

"那你看见我放在你床头的皮鞋没有?"燕子瞥了一眼小桃的旧布鞋,接着说:"你看,你的鞋都破了。我那双皮鞋穿了还不到一个月,给你穿好了。"

"还是你自己留着穿吧!"

"别客气!我们不是好同学、好姐妹吗?"

燕子边说边去拉小桃的手,可她猛地一甩手,躲开了。

晚上回到家,燕子垂头丧气地斜靠在沙发上想心事。邱石走过来,挨着她坐下来。燕子忙正了正身子,怏怏地喊了声"姑父"。邱石偏过头,对燕子笑了笑说:"怎么啦,燕子?在想什么?"燕子噘起嘴生气地说:"还不是那个该死的小桃,好心当成驴肝肺!""怎么啦?吵架啦?""谁跟她吵架!你上次不是说要陪我们吃饭吗?我兴致勃勃地跟她说了,还将我的皮鞋送给她穿。她老人家可好,不光不领情,还一副很受伤的表情。""哈哈!小姑娘个性挺强的!""你还笑,我都快气死了。""好,好,我不笑。或许你的方式不对,伤了人家的自尊心。"

这时,杨柳端过来一盘水果,冲他俩笑了笑说:"你们爷俩聊什么呢？聊得这么开心？"

"还不是小桃！"燕子气鼓鼓地说。

"好了，好了，别噘嘴巴了。周末叫她来家里，到时候我好好批评批评她，谁让她惹我们燕子公主不开心，对不对？"姑妈抚慰道。

"就是。"邱石应和道。

周末，燕子软硬兼施，总算将小桃带到了姑妈家。还没到吃饭时间，邱石就提早赶回来了。家里的保姆忙前忙后，准备了一大桌子菜。杨柳的脸色看上去不太好，嘴唇都发紫了，可她还是殷勤地接待了小桃。小桃见了，微红着脸说："阿姨身体不舒服，我还来打扰，真不好意思！""哪里，以前我总嫌家里太冷清，难得你来，家里才这么热闹。""是啊，是啊，我平时工作太忙，难得在家吃顿饭，大家还是快点上桌吧。"姑父说完，率先在餐桌旁坐下来。燕子亲昵地将小桃拉至身旁坐下，还不停地往她碗里夹菜。望着碗里堆成小山似的饭菜，小桃拉了拉燕子的衣袖，嗔责道："够了，够了，你想撑死我呀！""哪里够！学校的伙食那么差，平时你也吃不好，今天你就放开肚皮，好好补一补。"看着满桌子的鸡鸭鱼肉，小桃不禁想到阿山。为了攒钱给自己买衣服，阿山哥这会儿又该在家啃咸菜了吧？正想着，邱石突然问道："小桃，你家住哪儿呢？父母亲是干什么的？""我家在……"小桃紧张得满脸通红。燕子忙抢过话头："她家住在桃花村。她父亲嘛，哦，她家附近有一大片桃园，当然在家种桃子啰。""哦，这样啊！那个地方一定很美吧？那……那你母亲呢？""我妈……我妈……"小桃垂下头，慢慢将碗筷轻轻放回桌面上。姑妈见了，忙笑着说："好了，好了，先吃饭吧！吃完饭再接着聊。"

小桃不好意思地笑了笑，重又拿起碗筷，勉强将碗里的饭菜吃完，随后，微红着脸小声说了句："我吃好了，你们慢慢吃。"她边说边站起身来。燕子见了，赶忙也站起身来，说："好了，我也吃饱了。走，到我房间里去玩儿。"小桃跟随燕子来到她的闺房，推开房门一看，小桃顿时惊呆了，燕子的房间布置得可真美呀！简直就像童话故事里公主们的小屋。粉红色的床，粉红色的衣柜，粉红色的书桌，粉红色的布娃娃……小桃感觉自己掉进了一个粉红色的梦里。正看得发呆，燕子一把拉过小桃，让她坐在软软的小床上，并随手从书柜里取出一本韩寒的《三重门》递给她，说："这本书写得挺好的，感觉像是在写我们。"小桃一边翻看一边"哦哦"地应着。

"咚咚咚"，听到敲门声，燕子忙迎了上去，邱石端着一盘水果笑盈盈地走了进来。燕子接过水果，递给小桃说："吃点水果吧。"小桃忙站起身来，说："谢谢叔叔，我待会儿再吃。"

"你住在桃花村，是吧？听名字，这地方应该很美，是个写生的好去处。"邱石饶有兴致地说道。

"肯定很好玩儿！小桃，下个星期叫我姑父开车去你们那里写生，好不好？顺便去你家看看，我还一次也没去过你家呢。"

"去我家？好……好啊！可……"小桃支支吾吾，紧张得直冒汗。

燕子睁大眼睛看着她："怎么啦？不欢迎我们？"

"不……不是的，只是……"

小桃说话的时候，邱石一直紧盯着她看。小桃被他看得有点手足无措，浑身不自在起来。燕子在一旁打趣道："我朋友够漂亮吧？你该不会打她的主意，想让她做你的模特吧？对了，姑父，你把上次给我画的肖像给小桃看看。"

"好啊，我也正有此意。不知为何，小桃的眼睛给我一种亲切感，像在哪儿见过。"邱石神情恍惚地说道。

一旁的小桃脸红一阵白一阵。来到画室，小桃不由得又在那张名为《桃花源》的画前站定。

"这画中的女人到底是谁呢？"她喃喃自语道。

不承想，她的话被邱石听见了。"这是我大学期间的作品，画的是……体院的一名女大学生。"

"那——这张也画的是她吗？"小桃指着旁边的那一幅画问道。

"对，对，我想起来了。难怪我觉得你眼熟，你这双水灵灵的大眼睛简直与她的一模一样，太神奇了！难道……"

小桃好奇地盯着邱石，这时，燕子冲她大声喊道："小桃，过来，快过来看。"小桃快步走了过去："看什么？""我的肖像呀！"燕子边说边将画递给了她。画中的燕子，正一脸无瑕地笑着。

"怎么样？漂不漂亮？"燕子饶有兴致地问道。"漂亮，比你本人还漂亮。"小桃说完，轻轻将画放下。"你是说我本人不漂亮啰！""谁说的？我可没这么说。""这还差不多！"

小桃扭头看了看窗外，说："燕子，我要回去了。太晚了怕赶不上车。"

"哦，你要走了吗？坐我的车吧，我正好有事要出去一下，顺便送你到车站。"

"哎呀，姑父对你可真好！他可从来没有送过我。"

"不用了，谢谢！"小桃边说边往门外走去。她走得有点急，燕子在后面喊道："慢点，我送送你。"

"不用了，我自己走。"

小桃来到客厅，与杨柳打了声招呼，就匆匆离开了。

五

回家后，小桃的心情久久难以平静，脑海里不时浮现出那两幅画。平日里，老瘪常说，我们家小桃的眼睛最漂亮了，长得跟她妈一模一样。今天，燕子的姑父怎么说自己与画中的女子长得一模一样呢？

阿山还在工地上干活，小桃感觉闷得慌。她信步走出小屋，桃花又开始挥舞彩带，那娴熟、优美的动作，竟与那画中女子有几分神似。小桃懊恼地怒吼道："你以为你是谁呀？舞蹈演员吗？"桃花"嗖"的一下停了下来，表情严肃地说："不是舞蹈，是艺术体操，懂吗？"说完，她又兀自旋转起来。

老瘪从垃圾堆里抬起头，轻叹一声："不是很美吗？你妈以前兴许就是学这个的……"

"我妈以前学没学，你不知道吗？"

"你妈没说，我也没问，嘿嘿！"

"你连这个也不知道，那你们是怎么结的婚？你该不会连我妈是怎么得病的都不晓得吧？"

"谁说你妈有病，这孩子！你看看你妈，长得哪一点比别人差？"

"不跟你说了！在你眼里，我妈是仙女下凡，对吧？"

"对，对，仙女下凡。究竟喝了几年墨水，这说出来的话就是中听。"

不等他说完，小桃"哼"了一声，转身回屋了。

星期一，小桃正无精打采地往教室走去，燕子突然从后面追了上来,猛地拍了一下她的肩膀。"哎呀,找死呀你!"小桃吓得大叫一声。"想什么呢?这么入神!"燕子嬉笑着,上前挽住小桃的胳膊。"没什么,反正不是想你。""狠心的丫头!我可是一日不见,如隔三秋。""别肉麻兮兮的!""谁肉麻了!连我姑父也常问起你呢。""别瞎说!""真的!以前姑父很少主动跟我讲话。自从你去了以后,一回到家,他就主动找我聊天,问了很多关于你的事情。姑妈也挺高兴的,说姑父越来越喜欢我了。"

两人一路叽叽喳喳说个不停,直到上课铃响了,才慌忙往教室赶去。

六

中午,小桃正吃着饭,突然,一个男生跑过来说:"外面有人找你。"小桃疑惑地站起身来,走到食堂门口,一看竟是老瘪。

"你怎么来了?"

"你哥……你哥他出事了!"

"怎么回事?"

"他从高处掉了下来,现在正躺在医院里,像是昏过去了,叫也叫不醒……"

"怎么会这样?走,走,我们去医院。"

小桃气喘吁吁地赶到医院,瞧见阿山正闭着眼睛,一动不动躺在病床上。小桃吓坏了,傻愣愣地站在一旁抹眼泪。这一刻,她真恨自己呀!如果不是为了挣钱供自己念书,哥哥怎么会变成这样?

小桃正哭得伤心,阿山突然费力地将眼睛睁开了。他盯着小桃,缓缓地抬起手,小桃冲上去,一把将他的手紧紧握住。平日多么温暖、有力的大手，此刻却变得冰冷而无力。阿山轻轻地摇了摇头，示意她别哭。老瘪忙按响床头的呼叫器，医生赶来看过后说，病人的意识已经恢复，生命体征基本正常，不过病人骨盆骨折，得有专人陪护。小桃忙对医生说："好，好，我们一定会好好照顾他。"阿山听后，冲她一个劲儿地摆手，示意她回学校上课。老瘪此时才松了口气，他笑着说："傻孩子，不是还有我吗？你就安心上课去吧。"可小桃执意要留下来。

　　傍晚时分，邱石载着燕子心急火燎地赶往医院。燕子来不及等车子停稳就打开车门，快步朝住院楼寻去。邱石将车停好后，准备找个位置坐下来等燕子，无意间瞥见一辆破旧的板车旁站着一个女人。这女人的衣服虽有些灰暗，可那双温柔多情的大眼睛、那曼妙的身姿……难道，难道真的是她？他迟疑地移步向前。刚走到近处，一个瘦小的男人走了过来，冲她喊道："好了，山儿总算醒过来啦！桃花，走，我们回去拿点东西。"

　　桃花？真的是他苦苦寻找的桃花？邱石百感交集，上前一把拉住桃花的手。桃花直愣愣地望着他，半天才哆哆嗦嗦地问："你，你是石头哥？"

　　老瘪愣在一旁，惊讶地睁大双眼，颤声问道："怎么？你俩认识？"

七

　　十八年前的情形，骤然在邱石的脑海里浮现……那如花般的面容、柔情似水的眼神，直到现在，邱石还记忆犹新——那晚，邱石躺在寝室里，回想着白天写生课上的那个女模特，翻来覆去怎么也睡不着。他索性一骨碌爬起来，摊开画纸和颜料，心潮澎湃地用画笔宣泄着自己激动的心情。太美了,这个女模特真的是太完美了!简直就是一件活生生的艺术品。当他意犹未尽地在画纸上涂上最后一抹红时,天际已开始泛白。他扔掉画笔,心满意足地伸了个懒腰,遂给自己的画作题名为《桃花源》。

事后,他觉得怎么也应该让"画中人"看看这幅画,便四处打听,终于找到了画中的女主角桃花——体院的一名女大学生。初次见面,两人多少显得有些尴尬。邱石结结巴巴地说明自己的来意,桃花虽然感到有些意外,可还是将他带到校园的小树林,两人找了一条石凳坐了下来。邱石犹豫再三,最后还是鼓足勇气将那幅画递给了桃花。桃花接过画,由衷地赞叹道:"太好啦!画得简直太好了!不过,我可没你画得那么美。"说完,她娇羞地笑着,将画递给了邱石。

"我还担心将你丑化了呢,因为我感觉你本人比画上的还要美!嘿嘿嘿……真的,不骗你!"邱石此时又激动又兴奋,一个劲儿地傻笑。

"真的吗?别瞎说了,你……"桃花被他逗得直乐,两只大大的眼睛散发出欣喜的光芒,两朵绯红的彩霞飞上她的脸颊。

邱石目不转睛地盯着她看,桃花被他看得有点不好意思,脸上的"彩霞"被染得更红了。

那天,两人一见如故,相谈甚欢。

第二天,邱石按捺不住,又跑去找桃花。等他提笔画《蜕变》时,他与桃花已"蜕变"成了如胶似漆的一对恋人。然而幸福的时光总是转瞬即逝!不久,他俩的事被学校发现了,桃花怀孕了!学校当即勒令她退学。晴天里响起一声惊雷,将两个不谙世事的年轻人炸蒙了。桃花的父亲和母亲恼羞成怒,驱车赶到学校,追问谁是"罪魁祸首",可桃花死活不开口。桃花的爸爸看着不争气的女儿，暴跳如雷，狠狠抽了她一记耳光。桃花的妈妈又气又心疼，忙将女儿扶上车。一路上，桃花的爸爸越想越气，将车开得飞快，一不小心，撞上迎面而来的一辆大货车。桃花的父母当场身亡，桃花头部受了重创，在医院昏迷了三天三夜，终于醒了过来。由于脑部缺氧，她的智力受到了影响，已记不太清楚以前的事了。支离破碎的记忆让桃花变得恍恍惚惚。一天，她偷偷从医院跑了出来，从此流落街头。一个下雨天，老瘪发现了蜷曲在墙脚的桃花，将她带回了家。当时，老瘪孤身一人带着年幼的阿山，小桃出生后，他将小桃视如己出。

原来，他的桃花受了这么多苦！怪不得这么多年，他走遍天南海北，可怎么也找不到她。邱石痛哭流涕，"扑通"一声跪倒在老瘪面前："老哥，你是个好人！"

老瘪边抹眼泪边说："老弟，起来，快起来说话，你也不容易啊！"

三人来到病房，邱石盯着正埋头削梨的小桃，眼泪不由得又涌了出来。他忙侧过身，偷偷将眼泪拭去了。他关切地询问了阿山的病情，将随身携带的钱都塞给了老瘪。老瘪正要推托，他满怀感激地说了声："老哥，你就拿着吧，不够再说。"说着眼圈又红了。见此情景，老瘪只得将钱收好。

小桃和燕子都疑惑地看着他俩。邱石盯着小桃看了又看，临走前温和地对她说道："小桃，你既然是燕子的好姐妹，那你的事就是我的事。"燕子一听，忙对小桃说："是啊，是啊，有我姑父帮忙，你就别担心了。"

回去的路上，邱石一反常态，对燕子格外亲切，脸上自始至终挂着一丝神秘的微笑。燕子不解地问道："姑父，你笑什么呢？"

邱石抵赖道:"谁说我笑了?我正准备跟你商量,要不明天下午我俩再去医院看看?"

"好啊,我还得给小桃补课呢。"燕子听后,欣然应允。

"回去后,别对你姑妈讲医院里的事,免得她瞎操心。"邱石正色道。

第二天,邱石找到老瘪,他提出,想带桃花到市里最好的医院去看病。还有小桃,他想说服妻子,将她带回家由自己抚养。老瘪低垂着头说:"带桃花去治病,这是好事。至于小桃这孩子,等你跟你老婆统一意见后再说吧。我也要好好想想,该怎么跟她说。我们不能急,得慢慢来。还有阿山,他不是还病着吗?"

"是啊,是不能急!我只是觉得太对不起大哥你了!你的恩情,我这辈子也还不完。"

"有什么对不住的呢?能与桃花生活这么多年是我的福分;还有小桃,她同样也是我的亲闺女呀!"

"大哥,你真是个大好人!"

邱石一回到家,就迫不及待地找到杨柳。杨柳正微闭着眼半躺在床上,见丈夫回来了,忙欠身柔声道:"回来啦?今天回来得挺早的。我叫李嫂准备晚饭。"她边说边准备下床。

"不忙,不忙,有件事情想与你商量一下。你好好听我说,千万别激动。"

"什么事呀?神秘兮兮的。"

"那个——那个——我找到桃花了。"

"什么?桃花?哦!这样啊!……"

"是啊,她还将那个孩子生下来了……"

一时间,杨柳感觉自己的心脏被命运之神那双恶毒的手紧紧掐住,难受得简直透不过气来。她颤抖着捂住胸口,吐出一大口鲜血，很快晕了过去。邱石惊惶失措，大声疾呼"李嫂——李嫂——"。

很快，"120"将杨柳送往医院抢救。邱石沮丧地守在杨柳床头，看着杨柳衰弱的身体、紧闭的双眼，他真恨不得狠抽自己几个耳光。他在羞愧中陷入沉思，往事也一幕幕涌上心头……

当年，随着一声号令，举国上下的知识青年怀揣着"到最艰苦的地方去锻炼自己"的梦想，浩浩荡荡地向农村进发了。饱受悔恨与相思之苦的邱石带着一种莫名的兴奋之情，迫不及待地投身到这场轰轰烈烈的运动之中。随后，他跟着一群人来到一个偏远的小山村，落户到杨柳家。那时的邱石宛如一只沉默的羔羊。他每天起早贪黑，笨拙地在田间地头挥舞着锄头。身体的劳累让他暂时摆脱了精神上的折磨与痛苦，可邱石毕竟是一介文弱书生，哪里受得了农村这种"面朝黄土背朝天"的农耕生活，不久便病倒了。当时的杨柳还只是一个天真烂漫的女高中生，她不光喜欢邱石画的画，也很同情他。邱石生病期间，她不光悉心照料，还帮他干了不少农活。

七月的天气骄阳似火，杨柳这个傻丫头全然不顾自己正处于生理期，执意要帮邱石下田插秧。傍晚时分，一场突如其来的雷阵雨将归途中的两个人浇成了"落汤鸡"。豆大的雨水滚落下来，洒在两人汗湿的颈背上，感觉凉凉的，很惬意。杨柳不由得张开双臂，像鸟儿一样在雨中飞奔，一天的疲劳瞬间消失得无影无踪。邱石也受到感染，跟在她身后欢呼起来。雨下得更欢了，凉风也跑来与他们嬉戏。可能是跑得太快了，到家时，杨柳有点上气不接下气，接连打了几个喷嚏，当晚竟病倒了，几天高烧不退。后来，烧虽退了，可很长时间提不起精神。几个月后，杨柳突然又咳嗽起来，还咯出一口血痰。家人这才慌了神，赶忙将她带到医院去检查，邱石也跟了去。第二天，主治医师初步得出诊断结论，说杨柳患的是风湿性心脏病。医师还说，因她上次生病没有及时到医院诊治，以至于延误了病情。邱石听后，羞愧难当。事已至此，他只能悉心照料杨柳，并希望她能早日康复。

多年以来，邱石从未放弃找寻桃花，可他同样也放不下杨柳。在他心里，一直认定是自己害她得的病。而这个痴情的傻丫头一点都不怪他。她虽也知晓邱石与桃花两人之间的恋情，可还是对他不离不弃……

想到这里，邱石不由得热泪盈眶，心疼地抓起杨柳瘦弱的手紧贴在自己的脸上，过后，又狠狠抽了自己一记耳光，哭喊道："傻瓜，你这个傻瓜！快醒醒呀！要死也该我去死，我是个混蛋，我不是人！我不光害了你，也害了桃花……"这时，杨柳的手动了动。她努力睁开双眼，用微弱的声音说道："我……我不怪你！你好好……"话未说完，她便无力地闭上了双眼。

八

姑妈去世后，燕子很伤心。她不顾姑父的劝阻，搬到学校寝室住了下来。从大人的言谈举止中，她大概了解了事情的来龙去脉，这让她有一种上当受骗的感觉。

杨柳一死，邱石的心更乱了。他再也没在医院露面。倒是桃花显得很开心，她的石头哥答应还会再来看她，还说要带她去看病。她怀着一颗孩子般无瑕的心，痴痴地等待着。小桃虽然意识到在这个家里，将要发生什么重大的事情。可她不愿，也不敢想，只是每日悉心照料阿山。看到她这个样子，老瘪也没了主意。况且，他自己也不知该如何面对。

大半个月过去了，阿山终于可以出院了，工地给他送来了微薄的赔偿金。学校一再让人给小桃捎信来，叫她返校上课，可她就是固执地不肯去。病后的阿山变得像只缠人的小猫，整天拄着拐杖，围着小桃打转。老瘪再怎么瞪眼也没有用。桃花的彩带飞舞得更欢了，她相信，她的石头哥看了一定会喜欢。可让她百思不得其解的是，老瘪为什么不让她在小桃面前提起石头哥呢？

　　七七四十九天，杨柳的"满七"过后，邱石虽已身心俱疲，可还是按捺不住心中的挂念之情，驱车来到老瘪的桃园。秋后的桃园一片萧瑟，桃树只剩下光秃秃的枝干，邱石用手拨开树枝，久久地在园中徘徊。园中不见了老瘪的大板车，他可能又外出讨生活去了，留下桃花继续练她的艺术体操。那翻飞的彩带在邱石眼前晃动，让他眩晕，他的心绪不由得随着彩带翻飞……邱石的脑海里不断地闪现着桃花的身影，她穿着桃红色的衣裙，端坐在画室的椅子上，她那剪水双瞳，让他心醉神迷。晚上，他躺在床上，怎么也睡不着，半夜起床，一鼓作气完成了那幅《桃花源》。不知为何，看着桃花的眼睛，他不由得想到那桃园的桃花，多情而妩媚。过后，他费尽周折找到桃花，带上那幅画，向她诉说了自己的痴情，桃花也很快被他的真情所打动。一次，他让桃花穿上表演服，拿着彩带为他独自表演。桃花旋转着，仿佛一只蜕变中的蝴蝶，那缠绕在她周身的彩带便是蛹。邱石拿起画笔在一旁描摹，笑着说，就叫它"蜕变"吧。然而幸福的时光往往是短暂的。桃花怀孕的事不幸被学校发现，他们的爱情在"蜕变"的过程中夭折，终究未能幻化成美丽的蝴蝶。

　　桃花在校方及父母的追问下，死也不肯说出原罪中的"亚当"是谁。父母失望至极，悲愤地把女儿带走。哪知，这一去竟让他们天各一方。那时的邱石又在干什么呢？他只能将自己关在黑暗的画室里,终日咀嚼自己种下的苦果。等他将自己恨够、骂够,已是半年之后,他再也无处寻觅自己深爱的女孩的踪影。

中午时分,老瘪拉着他的板车,拖着疲惫的身躯,慢慢走回"桃花源"。他的车上没有像往日那样坐着桃花,捡回的"宝贝"也少了很多,可他像拉着千斤重担,脚步缓慢而拖沓。等他走得再近些,眼前浮现出了桃花舞动的身影,他的双腿顿时像装上了弹簧,一下子变得轻快起来。他正准备飞奔而去,这时,一个低沉的声音从他身后传来。

"大哥,你回来了。"

再也无处可逃,老瘪差点瘫软在地:"你,你终于来了。"

真相大白,小桃看着欢欣雀跃的桃花,大吼一声:"有什么好高兴的!"说完,负气而去。阿山狠狠瞪了邱石一眼,一瘸一拐地追了上去。邱石慌忙起身,喊道:"桃儿——"

老瘪示意他坐下,沙哑着嗓子说:"有阿山在,别担心。你既然称我一声'哥',在这里我就喊你声'老弟'。老弟呀,说实话,这么些年,我既盼着这一天,好让桃花回到她原来的生活中去;也害怕这一天的到来,害怕与她从此相隔两重天。不过,你放心,这么多年,桃花与我也就是个伴儿,我们并未履行什么手续。桃花虽然从未说什么,可我知道,她最惦记的还是你呀!"

邱石感激地拉着老瘪粗糙黝黑的大手,泣不成声地说:"大哥,你——你就是我邱石今生今世的大恩人,我一定会好好报答你的。"

老瘪说:"老弟,我这么做是心甘情愿的,谈什么报答不报答的。只是小桃这阵子一直不肯上学,我也不敢跟她说明真相,这孩子……"

邱石叹了口气,说:"是我对不起她,十几年来,我没有尽到一天做父亲的责任。现在,我突然找过来,她一时半会儿肯定接受不了。你看这样好不好?我先带桃花到医院去看病;至于小桃,暂时还是拜托大哥你多劝劝她,让她早点去上学,功课落下太多不好补。"

老瘪点了点头,准备进屋帮桃花收拾行李。邱石忙说:"大哥先别忙,桃花这几天可能得住在医院里。无论如何,我都会尊重她的意见。她想继续回大哥这里,我也不强求……"

直到邱石的白色轿车载着桃花开出老远,老瘪还扬着手,呆呆地站在路口眺望。

天已经黑透了,小桃才红肿着双眼回到桃园的小屋,后面紧跟着阿山。老瘪已做好饭菜等着他们,可三个人谁也不肯动筷子,小屋的空气像是凝固了。最后还是老瘪打破了僵局,他沙哑着嗓子对小桃说:"你爸带你妈看病去了……"

"谁是我爸?我爸不是好好地坐在这儿吗?"小桃负气道,随即眼泪不争气地流了出来。

"傻孩子,你跟着你亲爸享福多好,跟着我只会受苦——好了,好了,我们先吃饭。吃完了早点休息,明日一早去上学。"

"我说了不上学,我要和哥一起去打工。"

"傻孩子,别说傻话!快吃,快吃。"老瘪说完,拿起碗使劲往嘴里扒饭,随即和着泪水,艰难地将饭咽了下去。阿山再也坐不住了,转身回屋拿出笔和小本子,激动地写道:"小桃,你会走吗?我死也不会让你走的!你走了,我和爸怎么办?"写完后,仍执着地在本子上画了四朵桃花。小桃再也忍不住了,趴在饭桌上大哭起来。

邱石将桃花带到市里最好的医院,哪知桃花死也不肯住院,嘴里不停地哭喊着:"爸爸,妈妈,别丢下我!我一个人在医院好害怕！……"见此情景，邱石的心都碎了。他紧紧抱着桃花，将她带离医院。他驱车来到桃园，阿山送小桃上学去了，老瘪独自失神地坐在小屋里，有一搭没一搭地整理着废品。一见邱石和桃花，他忙拍了拍身上的灰土，站起身来。

问明缘由后，老瘪说："老弟，你别急，只能慢慢来。"

桃花一进屋就去找小桃："桃儿呢？桃儿上哪里去了？"

老瘪笑着说："你还知道想桃儿呀！桃儿乖，上学去了。"

桃花听了，拍着手笑道："哦，哦，桃儿终于肯上学了。桃儿真乖！老瘪，我饿了，我要吃饭。"

"哦，哦，好！好！我这就去煮。老弟，你也一块儿在这儿吃顿便饭吧。"

邱石尴尬地站在一旁，感觉自己像个局外人。

饭后，邱石将桃花带到他家住了下来。刚开始，有邱石陪着，她每天乐呵呵的，挺开心。可时间一长，邱石不得不去忙自己的事情。李嫂一天到晚只是做家务，她很无聊。于是，她就开始想小桃，想老瘪和阿山，想桃园的小屋。她每天站在窗前，盯着院子里光秃秃的桃树枝发呆。邱石到学校去找燕子，可燕子不愿意搭理他。她与小桃已形同陌路，两个女孩子都怀揣着自己的心事，谁也不愿意，也不知晓怎样去解开心中那个别扭的结。他只能自己去找小桃，可小桃如避瘟神般躲开了他。

看着桃花失神的大眼睛，邱石心酸不已。他柔声问桃花："你是不是还挂念着桃园和小桃他们？"

桃花使劲点了点头，忙又苦笑着摇了摇头。邱石盯着桃花落寞的神情，想，或许是自己太心急了……

一个月、两个月、三个月……邱石终于做出一个艰难的决定。他将桃花送回桃园的小屋，给老瘪留下一封信和一张银行卡。他在信中写道：

  老哥，或许是我错了。桃花这样或许更好，她不用想起那些痛苦的经历……为了表示对老哥的感激之情，请用卡上的钱在桃园建一幢房子，带着桃花及两个孩子好好生活。一想到这么多年来我精神上所受的煎熬与折磨，我就寻思着，桃花现在这样又何尝不是一种幸福。多年来，自责与悔恨像一条条毒蛇，时不时地向我袭来，让我痛不欲生。我只能常年躲在画室里，靠画画来麻醉自己。有时，实在受不了了，便对着桃花的画像，苦苦哀求佛祖，求他让我们早日相见，我好当面向她忏悔。佛祖真是仁慈，他不光让我在有生之年见到了桃花，还让我获得了重生的希望与勇气。小桃，你知道吗？你就是爸爸重新活下去的希望！多想亲耳听你叫我一声"爸爸"呀！见到你妈妈的那一刻，你知道我有多激动、多开心吗？感觉自己的心脏都快裂开了，一时间我有太多太多的话想对她说，结果一句话也说不出来。当时，哪怕她一个埋怨的眼神，也足够要了我的命！……

  小桃，我知道，我是一个罪人，现在还配不上"父亲"这个神圣的称呼！我走了，去向佛祖祷告、忏悔，争取早日赎清我的罪孽……

魔 玉

一

周末，孟云懒洋洋地躺在寝室里，随手拿起一本三毛的书翻了翻，感觉没什么意思。她从床上一骨碌爬起来，发现寝室里空荡荡的，其他人仿佛都从这里"蒸发"了。

她翻看了一下手机，连条"垃圾短信"也没有。她在心里狠狠骂道：那个人肯定回家享受天伦之乐去了。"那个人"叫韩冰，是他们系里的一位副教授。此人不光年轻有为、风度翩翩，讲起课来更是风趣幽默。系里不知有多少女生为之疯狂，孟云也不例外。直到有一天，韩教授在办公室里将她拥入怀中，她感觉如梦似幻，难以自持……总之现在，他是孟云唯一的安慰。

孟云草草地洗漱了一番，换上一套纯白色的休闲运动服，将长发在脑后绾了个髻，背起背包，蹬上旅游鞋，摔门而去。每到周末，孟云就发愁，她既不想回家，也不愿意面对韩冰教授那欲言又止的神情。于是，她迷上了到近郊旅游。

在校门口的超市里，她胡乱地解决掉一碗泡面，顺手拿了两块面包及其他一些吃食。最后，她鬼使神差地将平日里用来解渴的矿泉水换成两罐冰啤，就这样上路了。

二

　　在孟云的印象中，坐公共汽车往城东，一直到终点站，不远处便有一片不知名的山。今天，她准备上那儿去走一走。她坐了将近两小时的车，总算到了终点站。起伏的山峰轮廓分明地呈现在孟云的眼前，她大喜过望，便沿着山路一直向东走。可看上去近在眼前的群山，却有一种渐行渐远的感觉。孟云走了近一小时的山路，显得有些气馁，开始在心里埋怨起自己的莽撞来。连山的名称都没有搞清楚，只是偶尔听人说起这里有一个老山区，风景怡人，今天一时兴起，根本没多想就来了。

　　她抬头向四周看了看，除了头顶的骄阳，一个人影也没有。道路两旁的庄稼无精打采地沉默着。田垄上长满绿油油的野草、蓝莹莹的小花，还有一些不知名的昆虫在眼前晃动。孟云蓦地感到一阵恐慌——真不知三毛在黄沙漫漫的撒哈拉大沙漠，吃着沿途别人遗留的面包是什么感觉。此时，她又累又渴，一屁股坐在路旁的草地上，拿出一罐冰啤猛灌了几口，呛得一个劲儿地咳嗽，连眼泪都呛出来了。好不容易平静下来，她起身继续赶路。

　　约莫过了半个小时，孟云在路旁发现了几户人家。这几户人家的房屋如庄稼般静谧地立在山脚下，房前屋后都静悄悄的，一个人影也没有。孟云迟疑地摸索着，继续往前走，前面开始出现土坡，孟云顺着土坡往上爬，不知不觉到了半山腰的公路上。孟云踏着山间的石板路，就近攀上一座山的山顶，举目远眺，这里一座山连着一座山，连绵不断。山上长满了苍翠的松树，间或还有红艳艳的杜鹃和其他五颜六色的花儿点缀其间。山谷里云雾缭绕，一座座村庄安详地躺在群山的怀抱，孟云久久地凝视着眼前的美景，陶醉其中。接下来，她一座山一座山地攀爬，接连爬了三座山。日上中天，孟云累得气喘吁吁，连脚都抬不起来，衣服都湿透了。她边喘粗气边甩掉额头上的汗滴，找了一块石板坐了下来。这时她发现近旁的石缝里有一大丛映山红，红艳艳的，甚是好看。她按捺不住，起身摘了几朵，放在鼻子底下闻了闻。一阵山风吹过，鸟儿隐在树丛里欢快地歌唱，孟云深吸了几口气，感觉连空气里都透着一股香甜的气息。等休息够了，孟云便打开背包，将吃的喝的摊了一地，她很快吃完一块面包、喝光一罐冰啤，头变得昏昏沉沉的。

她攀着松枝、杂藤慢慢地向山下移动，在半山腰发现了一头老黄牛，这还是今天她遇见的第一个生灵。孟云饶有兴致地注视着眼前的这头老黄牛。老黄牛见了生人也不惧怕，而是缓缓地抬起头来与她对视。孟云一接触到它那双深邃、黝黑的大眼睛，便不由得一阵惊悸，头更晕了，她迟疑着，慢慢往后退去，不料脚下一滑，滚下山去……

三

等孟云醒来，发现自己躺在一个大土坑里，沾了满身的灰土，衣服也剐破了，身上还有几处擦伤在隐隐作痛。这时，天已经慢慢暗了下来。她心里一惊：这么晚了，自己怎么回学校？她挣扎着坐起身来，无意中手指触碰到一块冰凉的小东西。她好奇地将手拿开，只见一块红彤彤的心形小玉石隐在土中。她将土扒开，发现玉石上面还连着一根银光闪闪的链子。不会是红宝石吧？她忙捡起来，拭去上面的泥土，顺手戴在自己的脖子上。顿时，一股寒气渗透肌肤，令孟云不寒而栗。她怔了怔，以为自己在这个土坑里待久了，有了凉意。

孟云凭着记忆回到了半山腰的公路上。这时，一辆拖拉机从对面开了过来。司机同意将孟云带到山脚下。一路上，孟云显得有些醉意朦胧。脸上、身上的擦伤也在隐隐作痛。司机鼓捣着这台古老的交通工具，它发出"隆隆"的巨响，孟云的耳朵差点没被震聋。这台古怪的机器就这样载着孟云如蜗牛般颠簸着向前行驶，司机不时地回过头来，好奇地瞥一眼孟云。

也不知过了多久，拖拉机喘息良久，缓缓地停在了山脚下。

四

"姑娘，你要到哪里去呀？"司机坐在驾驶座上，转头问道。这时天已黑透了。孟云怯生生地问道："师傅，不知道现在有没有回城的车？"

"这么晚了，哪儿来的车！"

"那怎么办呢？"孟云一时不知该如何是好。她摸了摸口袋，糟了，手机没了！她连忙打开背包，翻了半天，还是没有。孟云想，该不会是丢在山上了吧？可这么晚了，怎么去找呢？

"师傅，不好意思，能不能借用一下你的手机？"

"我们这儿穷得叮当响，哪儿来的手机。"司机羞涩地笑了笑，对孟云说道，"要不，你去我家……"

"那怎么好意思，我……"孟云变得六神无主。

司机见孟云坐着没动，便重新启动了拖拉机。拖拉机一路颠簸着驶进一个小院，孟云慌忙从车上跳下来，四处看了看。这户人家的房屋与别人家的房屋隔着很远的距离，整个村庄稀稀疏疏地住着十来户人家。司机边进屋边喊："大，大，来客人了！"

不一会儿，从低矮的石头屋里蹒跚地走出一个裹了足的老奶奶，颤巍巍地与孟云打招呼："闺女，别怕，进来吧。"她满头的银丝在暗夜里闪闪发光。孟云暗自思忖，这大概是司机的老娘吧，可一个人怎么能老成这个样子？她迟疑着跟在老奶奶后面，慢慢蹭进屋去。屋里点着一盏昏黄的灯，司机坐在屋角对着孟云傻笑道："坐吧。"

"这一定是仙女下凡，长得这么标致、水灵，快坐吧，坐吧。看你满身灰土，身上还破了皮，真是个落难仙子，我这就去打盆水给你洗洗。"老人家笑眯眯地瘪着嘴说道。

"不用忙，老奶奶，我看我还是回去好了。"孟云心里忐忑不安。她习惯性地用手摸了摸口袋，空空的，手机的确不见了。她急得眼泪都流出来了。

"姑娘，你怎么了？"司机见她如此，忙问道。

"师……师傅，你……你送我回……回家……好不好？我加倍付你……车钱。"孟云泣不成声。

"说什么话！不是我不送你，而是这么晚了，我这车子走夜路不安全，怕出事！你就安下心来，明天一大早我保证送你到路边去搭车。"

孟云抬起头，看了一眼司机——司机长得人高马大，脸被晒成了古铜色，一双大眼睛黑亮黑亮的，厚嘴唇向上翘着，看不出他的实际年龄。他坐在屋角，将巨大的黑影投射到身后的矮墙上，看上去像一头黑熊。孟云本能地感到害怕。

她来到院子里，踌躇不安地来回走动。天色更暗了，远处的群山像一堵巨大的城墙，黑压压的，令人感到窒息。月亮若隐若现地躲在云层里，远处一户人家窗口的灯光如鬼火般闪现在山间的阴影里。鸟儿的啼声早已听不见了，山里的夜显得分外静谧、分外漆黑，只有一群不知名的昆虫在隐秘处鸣叫。一阵山风刮过,树枝摇晃着,像无数狰狞的魔爪,发出凄厉的吼叫声,"呜——呜——呜——"似向孟云示威。孟云越听越觉得恐怖,逃也似的回到屋中。

老人家已做好了饭菜。孟云虽又冷又饿,可一点食欲也没有。在老奶奶的好心劝说下,她才勉强吃了几口。很快,一阵浓浓的倦意袭了上来,她一连打了好几个哈欠。老人家放下碗筷,将她带到一个昏暗的小房间。她也顾不了那么多了,将背包放在枕边,和衣躺下了。

不知过了多久,她跌进一个奇异的梦境,四周被红雾笼罩,什么也看不见,远处传来一个凄厉恐怖的女子的声音:"起——来——快——起——来——这里很危险,快——起——来——"孟云想喊却怎么也喊不出来,吓得一骨碌坐了起来,右手紧紧握住胸前的红玉石。房间里漆黑一片,唯有孟云手中的玉石闪闪发光,像一颗鲜红的小心脏。孟云在被子里缩成一团。梦中的情景在脑海中浮现——那血红的一片,像雨又像雾。妈妈坠楼那天,雨下得可真大呀,血流了一地,地面上殷红的鲜血染红了孟云的眼睛,眼前的情景模糊起来……想到这里,孟云泪如泉涌。她不敢哭出声,喉咙里觉得好憋闷、好难受。

窗外传来刺耳的虫鸣声,夜死一般沉寂。孟云的神经绷得紧紧的,侧耳聆听周围的动静。门外隐约传来粗重的喘息声,再仔细听,仿佛还有刻意放缓的脚步声,孟云吓得大气也不敢出,最后索性跳下床,摸索着将门重新锁好,然后搬了一个高凳子到窗前,使劲推开窗户,爬上窗口。她试探着将头伸出窗外,无奈窗口太小,将她的脖子卡在了中间。慌乱中,她一下子将脚下的凳子踩翻了,只觉得两边耳朵一阵剧痛,孟云惊叫一声,晕了过去……

等她醒来时，天色已泛白，自己不知何时躺在老奶奶的床上。想起昨晚的情景，孟云猛地掀开被子，跳下床来。老奶奶见孟云起来了，忙招呼她吃粥。孟云摇了摇头，四下看了看，并没有瞧见昨晚那个司机的踪影，老奶奶也只字不提儿子的去向。孟云不好意思去问，便默默地走出屋去。老奶奶也不强留，她看着孟云离去的背影，摇了摇头，重重地叹了口气。

五

一路上，孟云又急又怕，慌忙赶路，走了好久，终于在路边找着一处公用电话亭。她欣喜若狂，连忙拨通了韩冰教授的电话：

"韩教授，我……"

还未等孟云说完，韩冰便用低沉的声音将她的话打断：

"等等，我现在说话不方便，晚一点儿再打给你。"

"你……我……"孟云气得连话都说不出来了。

电话里传来一阵忙音，提示她对方已挂机。孟云气得直跺脚，眼泪都出来了，最后，才不情愿地拨通了爸爸的电话。

"哎呀，云儿，你在哪里呀？我都快要急死了！……"孟天诚在电话那头焦急地大声问道。

"在路边的电话亭，离公交站不远……"孟云拭了拭眼泪，哽咽道。

"说详细点，在哪儿？你再不打电话，我和夏天都准备报警了。我们昨天找了你一整天，你的手机又一直打不通……"

"找我干吗？我又不想回去。"

"昨天是你二十岁的生日，你忘了？说好叫夏天去学校接你，我还在'白玫瑰'大酒店给你订好了生日酒宴,可你这孩子跑哪儿去了?"

"回去再说,你们快点过来。"

"好,好,你就在那里等着,我们马上就去找你……"

孟天诚还在电话里喋喋不休,孟云不耐烦地将电话挂断了。她这才想起,原来昨天是自己的生日。约四十分钟后,夏天和孟天诚找到了孟云。车子还未停稳,孟天诚就冲下车来,直奔孟云而去。可孟云连正眼都不给他,径直打开车门,坐了进去。

"小云,你怎么成了这个样子?身上还有伤……"夏天伸过头来,冲坐在后座的孟云关切地询问道。

孟天诚也很快上了车,坐到女儿身旁,拉起她的手,孟云猛地将手缩了回去。

"是啊,你怎么成了这个样子?该不会是出了什么事情吧……"孟天诚叹了口气,紧接着问道。

"你希望这样吧?你希望我像妈妈那样早点死吧?"孟云未等爸爸说完就冲他怒吼道。

"小云,你怎么这样和董事长说话?"夏天忙阻止道。

"关你什么事?"孟云冲夏天鄙夷地扫了一眼。

"你这孩子!……"孟天诚无可奈何地又叹了口气。

自从妈妈去世后,孟云整个人就变了。原来多么活泼开朗的孩子呀!长得跟她妈妈似的,又文雅,又靓丽。可现在像个浑身长刺的"小刺猬",谁也亲近不得。

车里的气氛有些压抑,孟云疲惫地斜靠在后座上。过了一会儿,夏天建议带孟云到医院去包扎一下,孟天诚忙说好。可孟云一个劲儿地摇头,她只想回家好好睡一觉。

回家后,夏雨莲已准备好了早餐。孟云拿起一杯果汁,一口气将它喝光后,就"笃笃笃"跑上楼去了。夏雨莲见情形不对,也不敢多问,只是将孟云换洗的衣物送上楼去。孟云草草地洗漱了一番,就扑倒在床上。

过了一会儿,夏天捧着药箱上来了,后面跟着孟天诚。

"你脸这么红,不会是病了吧?"夏天将药棉递给坐在床边的孟天诚,看着孟云,不放心地问道。

"你才有病!我现在不想擦药,你们都出去吧。"孟云不耐烦地翻了个身,将后背对着他们。

"那怎么行,发炎了怎么办?会留疤的,还得吃几天消炎药才行,听话!"

孟天诚温和地哄着女儿。

"是呀,等会儿再测一下体温。"夏天在一旁附和道。

六

孟云的妈妈白兰生前是一个体弱多病的女人,因此家里长期备着药箱。她长得孱弱美丽、体态轻盈,弹得一手好钢琴,是市中心中学的音乐老师。孟天诚原本也是这个学校的老师,只是没上两年班就"下海"经商了。不久之后,白兰也辞职了。一来是因为身体的原因;再则,孟天诚一直以来固执地认为,像白兰这种女人,生来就该住在别墅里,弹着柴可夫斯基的《蓝色多瑙河》,练着修身养性的瑜伽。为了早日实现这一夙愿,孟天诚"下海"后开了一家小型的电子公司。很快他就充分发挥了自己在这方面的才干,在商界崭露头角,公司的生意日益兴旺起来。白兰也很快就住进了近郊的这幢豪华别墅,还将原单位的一位女清洁工雇来当管家——这个女清洁工就是夏雨莲,一个可怜的单亲妈妈。她的儿子夏天原来是货车司机，为了照顾他们母子，孟天诚便让他当了自己的司机。他们母子也懂得感恩，对自己的工作尽心尽职。可半年前，白兰突然得了抑郁症，在一个风雨交加的晚上跳楼自杀。这个美丽优雅的女人就像风一样突然消逝了。孟云自此变得不爱归家，孟天诚也一下子苍老了许多。他再也不像以前那样，只是一味地忙生意，而是主动抽空回家陪孟云。可孟云以学校离家太远为由，选择住校，只是偶尔回家拿钱或换洗的衣物。她原本学的是工商管理，妈妈死后，她执意将自己的专业改为旅游专业，希望自己如闲云野鹤般云游四海、自由自在。那样才能逃离家，逃避思念母亲的痛楚。一想到妈妈那张温柔的笑脸，孟云就止不住泪流满面……

七

这会儿，孟天诚执意要给孟云擦药，孟云不耐烦地说："我自己来！"

"还是我来吧！"夏天从孟天诚手里接过药棉。孟天诚无奈地转身下楼去了。

"说了不用你多管闲事！"

"为什么会这样呢？以前那么乖、那么听话的小云为什么变成这样呢？你愿意和我谈谈吗？"夏天沉痛地低语道。

这时，夏雨莲端着早餐上楼来了，孟云最不愿意见的就是她了。她一把夺过药棉，自己涂抹伤处。孟云的腿上擦破了一大块，肉都露出来了，药水一涂上去更痛了，孟云痛得"咝咝"直叫。

"小云，轻一点，要不，我来帮你涂吧。"夏雨莲见状，露出一副很是心疼的神情。

孟云瞟了她一眼,并不理会。

"妈,你还是下楼去吧。"夏天阴沉着脸,冲夏雨莲说道。

"也好,我把小云的衣服洗一洗。"夏雨莲说着就下楼去了。

最后在夏天的坚持下,孟云吃了两颗消炎药。很快,她就迷迷糊糊地睡着了。

夏天下楼,见孟天诚忧心忡忡地坐在客厅里喝茶,便告诉他,孟云已经睡着了。孟天诚的心这才稍稍放下来一些。他自言自语道:"再也不能让这孩子到处乱跑了,遇到坏人就糟了,唉!"

蒙眬中,梦里那个凄厉的声音又在耳畔断断续续地响起:"那个女——人——那个女——人——还有你爸爸——害得你妈妈得了抑郁症,害得她跳楼……"孟云大叫一声,从梦中惊醒过来,出了一身冷汗。她的手紧紧抓住胸前的那块红玉石。玉石发出冷艳的红光,像一颗冷却的心。孟云目光呆滞地盯着这块怪石,梦中的声音犹在耳畔回荡,她惊恐地哭喊起来。

孟天诚听到响动,慌忙跑上楼来。

"云儿,你怎么啦?"

"走,你走,我再也不愿看见你。"

"云儿,你到底怎么啦?我们还是到医院……"

话未说完,他一眼瞟见孟云胸前那块红玉石,他的心猛地一惊。

"你脖子上挂的是什么'鬼'东西?"孟天诚惊愕地问道。

"怎么?是不是做了什么亏心事?这可是一块照妖镜、剖心玉石,它能剖开人的心脏,照见它的颜色,看看到底是红的还是黑的……"孟云对爸爸冷冷地说道。

孟天诚颤声打断她:"你这孩子,说些什么乱七八糟的胡话,是不是中邪了？"他不由得想到白兰，心里一阵颤抖。

"云儿，别……别瞎想，肚子饿了吧？我叫夏姨送点稀饭上来。"

"别假惺惺的！她是我哪门子的姨？"

"别没大没小，不懂礼貌。我等会儿还得去趟公司，晚上我们爷俩再好好说说话，好不好？"

孟云懒得理会他，蒙上被子大哭起来。

孟天诚手足无措地在房间里走来走去。这时，他腰间的手机响了起来，是公司的人打来的。夏雨莲母子相继来到孟云的房间，孟天诚交代再三，才和夏天匆匆回公司去了。

八

孟天诚回公司后，有一大摊子事等着他处理。可他心里乱糟糟的，心情变得异常烦躁，不时冲手下人发脾气。临近中午，他吩咐夏天先回去看看。

夏天到家时，撞见孟云正准备出门。她实在不愿意待在家里，独自面对夏雨莲那张令人生厌的面孔。说实话，夏雨莲看上去并没有那么令人讨厌，相反，她面容姣好，性情温婉，平日里话也不多，总是将家里收拾得井井有条。白兰生前，她俩好得像亲姐妹一样。孟云刚开始也很喜欢家里的这位女管家，与夏天的关系也很亲密，可白兰一死，什么都变了。

自从那晚，孟云无意间撞见爸爸和这个女人紧紧地搂抱在一起，一切都变了！那时，离白兰去世还不到一个月。一想到那天的情景，再想想梦中的咒语，她一刻也不想在家里待了。

孟云拿起背包，冷眼扫视了夏天一眼，快步向门外走去。

"你又要到哪里去呀？"夏天赶忙问道。

"是呀，小云，你早饭都没怎么吃，还是先吃点饭吧。"夏雨莲站在一旁说道。

孟云只顾耷拉着头往前走。

"小云，等一下，你去哪里？我送你吧。你爸爸刚刚还说要你在家好好休息。"夏天跟在后面喊道。

"不用你管，贱人！"孟云狠狠地扔下一句话，头也不回地走了。

夏雨莲怔了怔，随即转身掩面而去。

"妈，妈！你，你……"夏天心里也难受极了。他搞不懂，真的搞不懂。自从白兰逝世后，这幢巷子就笼罩在一层愁云惨雾当中。不光孟云变了，变得阴冷、怪僻；连一向风趣幽默的孟叔叔也变了，整天唉声叹气、沉默寡言；还有妈妈，虽然她竭力想缓和家里的气氛，可一个人独处时，总是偷偷落泪。

夏天作为一个单亲家庭的孩子，从小缺乏父爱。这让他不光对孟天诚有一种近似对父亲般的依恋，且内心里也将孟云一家当作亲人来关爱。他不光外貌俊朗，性情也很敏感、多情。这会儿，他也顾不上夏雨莲，忙驱车去追孟云，正好看见孟云在路口上了一辆白色的豪华轿车。咦，会是谁呢？夏天思忖着，慢慢跟在这辆车后面。

很快，白色轿车在一家西餐厅门口停下。韩冰教授从轿车里走了出来，孟云紧跟其后。夏天还以为自己看花了眼，这个男人夏天认识。有一次，夏天去学校接孟云碰到过他，孟云介绍说，这是她们系里的英文教授。可他俩怎么会在一起呢？夏天悄悄地跟了进去，在餐厅里找了个角落坐下来。夏天惊讶地发现，他俩亲密地坐在一起，孟云像是哭了，那个男人一把将孟云拥入怀中。孟云靠在他的胸前，娇嗔地敲打着，边抽泣边诉说着什么。那个男人任由孟云胡闹。等孟云闹够了，男人才从餐厅的纸巾盒里抽出一张纸巾，轻轻地替她擦拭脸上的泪水；紧接着又变戏法似的从口袋里掏出一个小礼盒递给她，孟云这才转怒为喜——原来，他知道昨天是孟云的生日。夏天见此情形，恨不能一下子冲过去，问个究竟。他的心如针刺般疼痛，好像眼睁睁地看着自己最珍爱的一件宝物被别人夺了去。他再也看不下去了，有太多的疑问与忧思缠绕着他，他只能落荒而逃。

九

夏天神情恍惚地回到自己的小屋内，一进门就躺倒在床上，随即从口袋里掏出一个小礼盒，气恼地将它扔在一边。为什么？为什么大家都变得这么奇怪与陌生？自从白阿姨去世后，孟叔叔变得异常暴躁，动不动就发脾气；妈妈则总是一副心事重重的样子；特别是孟云，以前那么活泼善良，与自己那么亲密无间，突然仇视起自己来。还有今天，她怎么和那个教授搅和在一起……唉！正躺着胡思乱想，突然他的手机响了，是孟天诚打来的。

夏天饭也顾不上吃，就驱车来到公司。一见面，孟天诚就问起孟云。夏天支支吾吾地说她出门了。孟天诚大吼道："她都成这个样子了，怎么还让她出门？"夏天怯怯地说道："我和妈妈都叫她别出去，可她不听……"

"那你回公司干吗？还不赶紧跟着她！"孟天诚皱了皱眉，斥责道。

"我……她……"

"好了，你出去吧！"孟天诚对夏天摆了摆手，重重地将头靠在椅背上。他是有苦说不出呀！白兰生前是一只多么美丽、高傲的"白天鹅"呀！孟天诚也将她当皇后般宠爱着。可自从白兰身染肺病后，她害怕孟天诚嫌弃，硬是要分居，其间也不准他近身。孟天诚是一个健全的男人，于是多少个不眠之夜，他独自在客厅里徘徊。

有一晚，孟天诚枯坐在客厅里独自饮酒。突然，夏雨莲来了，她向孟天诚款款走来，递上一杯红茶，柔声地说道："孟总，喝杯热茶吧！酒喝多了会伤身体的。"看着眼前这位娇小、温柔的单身女人，孟天诚的心被温柔地触动了一下。

"来，坐下，你陪我喝一杯吧。"

那晚，他俩在一杯接一杯的热茶中，突然便有了一种惺惺相惜的感觉。在接下来的第二晚、第三晚……他们会不约而同地来到客厅喝茶、聊天。直到有一天，孟天诚再也按捺不住内心的苦闷，聊着聊着，不由得流下泪来。夏雨莲爱怜地让他的头贴在自己胸前，与之相拥而泣……当他俩醒悟过来时，猛然瞥见白兰的紫纱裙从门口一晃而过。

白兰的肺病更严重了，渐渐地开始发烧、咯血。她整日茶饭不思，也拒绝吃药，孟天诚只能将她送往医院。她住院后不久，就被诊断出患了抑郁症。在一个风雨交加的夜晚，她从医院的顶楼飘然而下，给自己美丽而脆弱的生命画上了一个永久的句号。可这些又怎么跟孟云去说呢？

十

孟云和韩冰用完餐，径自去了"新港湾"大酒店。在酒店大厅里，孟云任性地喝了很多酒，韩冰怎么劝都没有用，问她怎受的伤她也不说，只是一杯接一杯地喝酒。她虽喝的是红葡萄酒，可还是醉得不省人事。

也不知过了多久，孟云又坠入那片红雾中，那个凄厉恐怖的女人的声音又在耳畔响起："这个男人是个大坏蛋、伪君子，他不光欺骗自己的妻子，也玩弄你的感情……"孟云吓得猛地一下坐了起来，手中紧握住胸口那块玉石。她愣愣地看着躺在一旁的韩冰教授，见他赤裸着身子睡着了，孟云的脸一下子就红透了。她羞怯地收回自己的目光，天啊！自己竟也一丝不挂。孟云脑子里"嗡嗡"作响，慌忙抓起地上的衣物穿在身上。这时，韩冰教授也醒了。他一副懊恼万分的样子，声称自己喝多了。孟云娇羞地躲进卫生间，半天不肯出来。直到韩冰穿好衣服，跑过来说了很多抱歉的话，并发誓一辈子只爱她一个人，她才低着头羞答答地从里面走出来。韩冰满怀深情地从背后抱住她，亲吻着她脸上的伤痕，孟云感到又痒又疼。她闭上眼睛，幸福地颤抖着，突然，耳畔响起了梦中的咒语。她猛地睁开眼睛，一把推开韩冰。韩冰一个趔趄，跌倒在床上。他抬起身，惊愕地盯着孟云，只见她神情慌乱、恍惚，忙问："你怎么啦？"孟云一言不发地往门外走去。韩冰紧跟在她后面出了酒店。

一路上，无论韩冰怎样哄她，逗她开心，孟云只是低首不语，最后索性嘤嘤地哭了起来。韩冰柔声道："云儿，别哭，我知道自己错了。昨天我确实走不开，不过，我不是给你发了短信吗？我送给你的礼物，你喜欢吗？要知道，我心里无时无刻不在想念着你、牵挂着你，我会爱你一辈子的。"说完，他轻轻地拭去孟云脸上的泪水。

孟云回到家门口时，发现夏天正站在台阶上等着自己。原来，孟天诚放心不下，便和夏天早早离开了公司，回到家中。孟云没有理会他，推开门正准备进屋，夏天一把拉住了她。

"看看你的眼睛，整个一'烂桃'。你这样进去，董事长又该担心了。"

孟云用力甩脱夏天的手，径直走向屋后花园里的秋千架，坐在上面发愣。夏天很快从屋里拿出一副太阳镜，递给孟云。孟云坐着一动不动，像是没看见一样。夏天无奈地将太阳镜放在一边，挨着孟云在近旁的秋千架上坐了下来。半晌，孟云拿起胸前的红玉石注视良久，不由得又一阵眩晕。

"你脖子上挂的是什么东西？怪怪的。"夏天好奇地探过头来问。

"你想看吗？它可是一块魔石，能剖开你的心，看清里面深藏的一些不可见人的东西。"

"小云，你又在瞎说。你这段时间怎么总是阴阳怪气的，搞得大家心里都不舒服。"夏天沉痛地说道，"我知道，白阿姨走后你心里难受，可……"

孟云还未等他说完，鄙夷地看了他一眼，扔下一句："少在这儿跟我'猫哭耗子——假慈悲'！"说完她就匆匆进屋去了。

十一

坐在沙发上的孟天诚见女儿回来了，忙站了起来，温和地笑道："云儿，你回来了。"

孟云像没有听见似的，低着头跑上楼去了。她只想躺在床上好好地睡一觉。

这时，她的手不由得又触到了那块红玉石，它看上去冷艳而明亮。为什么？为什么一睡着就会有奇异的梦境——眼前总是有一片拨不开的红雾,一个女人用凄厉的声音在红雾深处说着可怕的话。想到这里,她伸手欲将这块玉石取下来,可鼓捣了半天也没有将它拿掉。她焦躁地想道:这到底是怎么回事?怎么会弄不下来呢?她懊恼地将玉石甩到身后,闭上眼睛生闷气。不知过了多久,蒙眬中,那个声音又响了起来:"她心里苦呀!整天关在家中,像一只笼中的金丝雀,唯一的朋友也背叛了她。她心里苦呀……"

"妈妈,妈妈!"孟云哭喊着从梦中惊醒。窗外漆黑一片,像是刮起了大风。"呜——呜——"风声呼啸着一阵接一阵传来,很快雨也下了起来,噼里啪啦地越下越猛。妈妈就是在这样一个漆黑的雨夜,一个人孤零零地离去了。孟云越想越害怕。可她既不敢闭上眼睛,也不敢注视窗外。那"呜——呜——"的吼叫声,如同一群恶魔在咆哮。孟云浑身打战,大声哭喊起来。

孟天诚听到女儿的哭喊声,慌忙跑上楼来,只见女儿披头散发,双手紧紧捂住耳朵,眼睛里流露出惊恐的神情。她又哭又叫地缩成一团瑟瑟发抖,嘴里不停地喊道:"妈妈,妈妈……"孟天诚心里"咯噔"一下子。他忙将房间里的灯打开,然后直奔过去,爱怜地抱紧女儿,可女儿像刺猬一样挣脱了。

"云儿,云儿,你怎么啦?"孟天诚心疼地喊道。

"妈妈,妈妈,我怕!"孟云眼光迷乱地看向一个不知名的地方。

孟天诚心里一惊,大声呼喊道:"夏天——夏天——"。

夏天母子赶过来,与孟天诚一起将孟云送往医院。医生经过一番检查,很快得出一个结论:妄想症。孟天诚在得知这个消息后,感觉天旋地转,很快不省人事……

拯 救

　　两天前,洪莲与老公万千大吵了一架,万千生气地摔门而去,到现在还不见踪影。今天上午,儿子万亿的班主任又打来电话说,万亿的家庭作业没有完成,上课也不好好听讲,老开小差。洪莲又气又急,忙给万千打电话,可怎么也打不通。现在都已经晚上七点多了,万亿早该放学了,可连个人影也没看到。她又给班主任打电话,班主任说下午四点半就放学了。

　　洪莲心急火燎,一个人在小区与学校之间来来回回地找,她还给万千发了不下十条微信,说儿子不见了,可仍不见回音。她在心里狠狠地骂着这个可恶的男人"该死",恨不得将这个男人千刀万剐。她边找边打听,可同学、朋友、邻居都说没看到万亿。洪莲脑海里不时闪现一些可怕的念头,万亿不会是遇到什么坏人或遭遇什么不测吧?她在心里一遍又一遍地念叨:儿啊,你要出什么事,妈也不活了。

　　晚上九点钟的时候,班主任听说万亿还没有找到,忙从家里赶过来,陪着洪莲一起在学校附近的几个网吧寻找。班主任问洪莲:"怎么万亿的爸爸没来?"洪莲听后再也忍不住了,眼泪一下子流了出来。她羞愧地哭诉道:"不瞒您说,我和他爸爸前两天吵架了,他爸爸气跑了,连我的电话也不接。"班主任说:"怪不得万亿这两天没有心思学习，原来是这样。要知道孩子虽小，可敏感得很，如果家里气氛不好，他就无法安心学习。"洪莲说："我与他爸爸脾气都不好，让老师见笑了。现在怎么办呢？要不，您帮我联系一下他爸爸，老师的电话他肯定会接。"班主任说："好吧，我现在就给他打电话。"

万千的电话终于打通了，他一听儿子不见了，忙驱车赶到学校，一见面就冲洪莲吼道："也不晓得你一天到晚搞什么事去了，连个孩子也看不住。"洪莲一听，火冒三丈，好不容易忍住的眼泪又奔涌而出，她哭诉道："你还好意思说我，你自己呢？这几天连个人影都没看到，打电话也不接，发微信也不回。要不是刚才老师给你打电话，这会儿你说不定正在哪里风流快活呢，哪里还顾得上我们娘俩的死活。"班主任在一旁见状摇了摇头说："你们有什么事好好商量，不要吵。况且，现在万亿还不知道在哪儿，得想办法尽快找到他。万亿妈妈可能还没吃饭吧，要不先吃点东西再接着找。"洪莲说："我现在哪里还吃得下东西啊！老师吃了没有？要不我请老师先吃点东西。"班主任说："谢谢，我在家里吃过了。我们接着找，要是找不到的话，只有报警了。"

"对，对，我们现在就去报警。您看，我都急糊涂了，怎么早没想到报警呢？"洪莲边说边让班主任上车。她万千感激地说："幸亏有老师帮忙拿主意，让老师费心了。"班主任说："我与你们的心情是一样的，巴不得早点找到万亿。"万千忙说："就是，这孩子真不让人省心。前两天，要不是他和同学打架，他妈也不会跟我闹，还不让我打他。今天要是让我逮到，看我不打死他！"洪莲听后，哑着嗓子说："呸呸呸，什么死不死的，不吉利！你一天到晚不着家，叫你管儿子，你就打。男孩子本来就调皮，要跟他讲道理，不是光靠打就能解决问题。老师，您说是不是？"班主任顿了顿，说："孩子的确是要慢慢教育，急不得。在我看来，你们夫妻俩在教育孩子方面需要好好沟通一下，保持意见统一。如果一个唱白脸一个唱红脸，久而久之，孩子就会感到无所适从，甚至产生叛逆心理。"

万千说："看到没有，这孩子就是你宠坏的。"洪莲横眉怒斥："你还说，现在儿子都不敢回家了，肯定是怕挨打。"班主任说："也怪我，今天没有好好跟万亿沟通就给你打了电话。这样一来，他说不定真的害怕回家，躲起来了。"

报案后，民警很快着手处理此案。洪莲让班主任早点回家休息，她和丈夫留在派出所候着。深夜十一点多的时候，民警突然接到人民医院打来的电话，说有个十一二岁的小男孩落水后被路人救起，正在他们急诊科抢救。

夫妻俩一听，忙和民警一同赶往医院。到了一看，真的是万亿。医生说，万亿刚刚脱离危险，已经睡着了。洪莲扑向床头，双手紧紧抓住儿子，一下子将他弄醒了。洪莲哭着问儿子："亿儿，你到哪里去了？妈妈到处找你，你怎么掉到水里去了？哪个人把你送到医院来的？你有没有哪里不舒服？"万亿看到妈妈后也哭了，他抽抽搭搭地指着右手说："打针的这只手好痛！"万千见状，大吼道："你还晓得痛，哪个叫你到处瞎跑的？"洪莲忙制止老公："儿子都这样了，你还吼。"

一旁的民警见状，笑着安抚道："孩子没事就好，我们也要简单问他几个问题。万亿，你告诉我们，你放学后去哪里了？你又是怎样落水的？谁救了你并拨打了'120'？"

万亿想了想说："嗯……是坏人……对，是坏人将我推下水的，害得我的赛车和书包都不见了。"

"哪个坏人？"民警意识到事态严重，赶紧问道。

洪莲一听，忙说道："是啊，万亿，你快告诉警察叔叔，是哪个家伙这么坏，无缘无故把你推下水。"

万千忙将洪莲拉到一边，说："你别碍事！听儿子慢慢讲。"

洪莲正要发作，可她也意识到了事态的严重性，便缄口不言。

"我也不知道是哪里来的坏蛋，我……我……放学的时候，被两个坏人带进了面包车里，还说要爸爸给钱，他们才会放我走。我吓得大喊大叫，他们见有人来了，就将我拉下车，推下水……"

听了儿子的话，洪莲夫妇脸都吓白了。民警说："看来事态严重，我们即刻立案侦查，一定要查个水落石出。"

民警一走，洪莲就开始抱怨万千："你一天到晚只知道赚钱，现在好了，看你是要钱，还是要儿子的命？"

万千一听就火了，大声说道："你还好意思说，你成天只晓得打牌，又不晓得接送一下伢，现在伢出了事就怪我。我问你，我不赚钱，你们喝西北风去？"

万亿打着哈欠，不耐烦地说："你们又开始吵，天天吵，烦不烦？拜托，这里是医院，你们不嫌丢人，我还嫌丢人呢。"

"狗东西，你敢嫌老子丢人，看我回家怎么收拾你。"

洪莲狠狠地瞪了万千一眼，柔声对儿子说："好了，好了，我们不吵了。你看看你，衣服都打湿了，我找护士要一套病号服，你赶紧换上。你的肚子饿了没有？叫你爸出去买碗面回来，你吃完后好好休息一下。"

万亿吃完面，很快就睡着了。洪莲夫妇也胡乱吃了几口，他们左思右想，怎么也想不明白到底是谁想害儿子，是他们得罪了什么人，还是那些坏蛋只想要钱……

警方立案后,便开始紧急追查。可经过两天的现场走访调查,民警并未找到万亿所说的那辆可疑的面包车。他们只得将万亿叫到派出所问话,在民警的一再追问下,万亿吓得浑身发抖,只得低下头道出实情。

原来那天放学以后,万亿怕回家后挨打,便骑着车在路上闲逛,七拐八转,一不小心竟迷了路。眼看天都要黑了,他心里一着急,一不留神,竟冲进水坑里去了。幸好有一个中年男子看见了,忙将他救起并拨打了"120"。之后,那人便悄悄离开了。

民警听后,很严厉地问万亿:"那你为什么要撒谎骗我们?你知不知道,你犯了很严重的一个错误。"洪莲夫妇在一旁听闻后,早已惊得目瞪口呆。

万亿吓得眼泪都出来了,他怯怯地说:"那——那我会不会坐牢啊?"

民警缓和了一下语气,说:"你只要知错就改,告诉我你为什么要这么做,就不罚你坐牢。"

万亿抬起头,满怀惊喜地问道:"真的?好吧,那我就告诉你,可他们不能偷听。"说完,用手指了指洪莲夫妇。民警便示意他二人暂时回避。

万亿见父母离开了,便气呼呼地说:"今天老师给我妈打电话,又告我的状,之前告我的状,我不光挨了打,爸爸妈妈还大吵一顿,爸爸也离家出走了。你说,如果我回去,那还不'死定'了。所以……后来……我发现自己的车子、书包不见了,我……我……"

"所以,你就撒谎?"

万亿低头不语。

"那你到底是害怕挨打，还是害怕爸爸妈妈又吵架呢？"

"都怕！我的同学说了，如果爸爸妈妈经常吵架，搞不好就会离婚。我们班上就有好几个同学的爸爸妈妈离了婚，别提有多惨！我可不想这么倒霉！"

民警听了万亿的话，沉思良久，然后意味深长地说："看来，你的爸爸妈妈也有错，我等一会儿一定好好批评他们。可你撒了这么大一个谎，得好好写一份检查才行。你以后一定要遵纪守法，知错就改，做一个好孩子。现在，你好好想想，该怎么写这个检查，我等一会儿再来找你。"

民警找到洪莲夫妇，告知他们缘由，并意味深长地说："经过这件事情，你们一定要好好反省，引以为戒。要知道，少管所里的那些孩子大多是因家庭环境不好，从小缺乏很好的管教才误入歧途的。依我看，现在不光是我们在拯救你儿子，其实，这孩子也在拯救你们的感情与婚姻呀！总之，这个孩子不简单。你们将他带回去，好好教导吧。"

洪莲夫妇又惊又愧，连连点头。临走前，万千对民警又是道谢又是致歉，还拿出一个厚厚的红包递给他。

民警笑了笑，说："你这不是让我知法犯法吗？"

万千说："改天我一定给你们送一面大大的锦旗，以表达我们的谢意。还有那位救我儿子的无名英雄，我们一定想办法找到他，当面向他致谢。"

万亿知道自己闯了大祸，果真老老实实地写了一份检讨书。离开时，他生怕爸爸打他，便紧紧拉着洪莲的手，不肯上车。万千见了儿子的熊样，又好气又好笑。他走过去，拍了拍儿子的小脑袋说："坏东西，你一定是警匪剧看多了，不学好，只会编个闹剧吓唬老子。你以后要是将这个聪明劲儿用在学习上就好了。"

走吧,我带你去吃肯德基。"

万亿听了,马上来了精神,如猴子一般蹿上了车。一路上,除了万亿一如既往地话多,洪莲与万千都显得有些沉默,也不知他们在这场虚惊过后,内心作何感想。

6床和7床

昨天，内科来了两个"特殊"的老病号——6床的熊爹爹和7床的杨婆婆。说他俩特殊，并非他俩病情特殊，实则是他俩的家属特殊——难缠。有时，简直让病房的医护人员哭笑不得。

自入秋以来，武汉的天气阴晴不定，气温也时高时低，实在让人难以招架。何况是像杨婆婆和熊爹爹这样的老病号，天气一变，咳、喘、发烧等一系列的症状接踵而来。

杨婆婆和熊爹爹自开年来，都已是三进"宫"了。两人也真是神了，往往是熊爹爹前脚刚住进来，杨婆婆后脚就跟了进来。

这不，头天熊爹爹刚进病房躺下，第二天杨婆婆便气喘吁吁地拄着拐杖来了。如果说，6床熊爹爹的主治医师王大夫怕看到6床女儿的话，那7床杨婆婆的主治医师李大夫更怕听到7床儿子那怒气冲冲的抱怨。7床每次来，她儿子都要发牢骚，说不让住院偏要住，搞得跑医院像跑隔壁一样。在小诊所挂几瓶吊针就好了，非得这么折腾。杨婆婆本来就喘得难受，一听就火了："小杂种，我这哪是小诊所能看的病，他们那里连氧气都不能吸。"儿子一听，更不耐烦："你就那样怕死！大哥才不傻，光是丢两个钱在这里，屁股一拍走人，害得我天天往医院跑，我还忙！"杨婆婆见大夫来了，不便多说，只低声嘀咕了一句："你忙个鬼,一天到晚打牌。"李大夫皱了皱眉头,安慰病人别激动,静下心来好好休息。

两天后,李大夫查房时发现杨婆婆的病情稍微稳定了一些,不过肺部感染挺严重,血压也高,心率也挺快,还有点低烧。一见李大夫来了,她儿子忙站起来,一个劲儿地说,我妈已经好了吧?她现在气也不喘了,心也不慌了,可以出院了吧?李大夫说,哪有那么快,你妈现在还有点发烧呢。杨婆婆的儿子一听急了,怎么办?我都快忙死了!大夫你能不能把药下重些,让我妈早点好啊?我这样一天到晚耗在医院里也不是个事儿。再说了,我老娘也是快八十岁的人了,死也死得起。杨婆婆一听,不高兴了,小杂种!一天到晚咒老娘死!她儿子见状,两眼一瞪,正要发作,李大夫忙制止道,病人现在不能激动,至于陪护的事,你们家属再好好商量一下。他边说边往外走。

6床的熊爹爹住隔壁,他除了有点气喘,其他方面还好。可陪同他来的两个女儿都紧张得不行,非要让熊爹爹住重症监护室。王大夫再三解释,两个女儿才勉强同意熊爹爹转入普通病房。今早王大夫查房,见熊爹爹缺氧症状明显好转,建议停止给氧。熊爹爹的大女儿一听,不放心地问,大夫,我爸爸现在停氧会不会太早了点呢?请好好检查一下再决定吧。二女儿是个急性子,忙制止道,不行,不行,不能停氧。我老爸今早测体温还有点低烧呢,只怕是变严重了。我还想问一下,是不是需要转院治疗?王大夫,你也别多心,我对你们一百个满意。我只是不放心我爸的病,他要是一下子不在了,我们怎么办呢。看着熊爹爹两个女儿花白的头发,王大夫有些无奈地说,6床已是89岁高龄的老人,他现在有这样的状态,已经算是很不错了。如果你们要转院,我也不勉强。不过,在我看来,没有必要。6床除了肺部有点感染外，其他的脏器功能还可以。熊爹爹听了王大夫的话，忙对两个女儿说，听见没有？我说没大碍吧。说完，轻轻地咳嗽了一声。他的大女儿忙用手轻轻地拍了拍熊爹爹的后背；二女儿拿起水杯给他喂水，边喂边说，你还说没事，现在又咳起来了。王大夫快给检查一下。王大夫拿起听诊器给6床听诊，顺手将床头的监护仪调试了一下。大女儿急忙问道，我爸爸没什么大的问题吧？王大夫一定要多费点心。王大夫耐着性子说，你们家属不要太担心，用几天药看看再说。他边说边快步往隔壁病房走去。

　　王大夫查完房，回到办公室不由得嘀咕了一句，6床的两个女儿，我真受不了她们，每次查房都问个没完没了。坐在对面的李大夫听了，呵呵笑道，6床和7床这两个病人的家属都有些"奇葩"。7床杨婆婆的儿子老大不耐烦，6床熊爹爹的两个女儿又太过紧张……正说着，7床的儿子进来了，径自走到李大夫跟前催促道，快点给我老娘输液吧，输完液我们就出院。老在这里住着也不是个事儿，她那病又不是闹了一天两天，反正是老毛病，好不了！王大夫对着李大夫会心一笑，埋头写她的病历去了。李大夫耐着性子劝说道，7床这个情况，我刚才都跟你说了，她才住进来两天，病情又有点复杂，怎么能出院呢？杨婆婆的儿子说，大夫你放心，我老娘死不了。这一二十年来，她总是这个样子。再说，就是死了，我也保证不找你们扯皮。李大夫说，现在医疗政策这么好，大部分医疗费都可以报销，何况，你老娘又愿意接受治疗，希望你们家属能够配合一下。那男子说，我都忙死了，等会儿还要回家弄饭。我不管那么多，要住她自己住，我没有闲工夫天天往医院跑。杨婆婆的儿子说完，气势汹汹地离开了。

　　李大夫无奈地说道，看见没有，真伤脑筋！他刚说完，6床熊爹爹的大女儿进来了，她的眼睛有点浮肿，里面布满了血丝，估计是昨晚陪护病人熬的。她焦急地问道,王大夫,我爸爸到底要不要紧?他一喘,我就吓得心惊肉跳,怕他万一……我现在是急昏了头,希望你给我出出主意。王大夫看着她红肿的双眼,多少有点感动,安慰道,你也不要太着急,要注意一下自己的身体。我会尽力的,一定会用最好的治疗方案给他治疗,好不好?那我就拜托你了,谢谢大夫。熊爹爹的女儿边说边急匆匆地走出医师办公室。

  好不容易,6床和7床两个病人的吊针都挂上去了。到中午的时候,发生了一个意外——杨婆婆的病情突然恶化了。李大夫的午饭还没吃完,就被传呼进了病房。原来,杨婆婆的儿子见她的液体输完了,就催老人出院,老人执意不肯,两人便吵了起来。老人一激动,诱发了心梗,一下子昏过去了。李大夫等人虽竭力抢救,可杨婆婆还是带着遗憾走了。

  6床的两个女儿一听7床走了,又听说两个老人得的是一样的病,更是紧张得不行,连忙找到王大夫,强烈要求转院,并苦苦哀求王大夫,让她跟随"120",一路护送老人去市同济医院。王大夫一再解释说"120"上面有医生、护士,可熊爹爹的两个女儿就是不放心,说王大夫是主治医师,路上有她才放心。王大夫没办法,只得答应陪他们走一趟。熊爹爹很过意不去,说,大夫,实在对不住,太麻烦你了。他边说边朝7床杨婆婆的病房望了一眼,深深地叹了口气说,造孽啊!像这样痛快地走了也好,免得活受罪!6床的大女儿听见了,以为爹爹在说他自己,忙阻止道,快莫说这样不吉利的话,呸呸呸!你没看见隔壁杨婆婆……话没说完,眼圈就红了。熊爹爹的小女儿也在一旁偷偷抹眼泪。

  王大夫明白熊爹爹的话,不由得回头往杨婆婆的病房瞄了瞄,只见病房里一片死寂,连个料理后事的人也没有……

爱情瞎了眼

白雪公主与王子结婚以后，童话结束了，噩梦开始了。

——题记

白雪梅感觉自己再这样躺下去，到时候别说是什么"阳春白雪"，早成发霉的干菜了。她也知道，在王子健眼里，她早已不再是当年那个"白雪公主"，而他依旧过着"王子"般逍遥的生活。如今，他越发地作践起来，竟勾搭上歌厅里的一位"小姐"。白雪梅病了十多天，不奢望王子健能嘘寒问暖，一天到晚连他的人影都难得瞧见。

就这样躺着吧，反正也没什么胃口，再说，白雪梅感觉自己接连烧了几天，都烧糊涂了，浑身乏力，根本不想起来弄饭。白雪梅有时候会想，倒不如就这样睡过去得了，倒落得清静。可是还有宝宝，他还那么小。自己不在了，他怎么办？想着想着，白雪梅的眼泪不自觉地涌了上来。她突然想到刘罗国，这个该死的"刘罗锅"，他不会也将自己遗忘了吧？想想，确实有一段时间没联系了。白雪梅有时候真替罗锅叫屈，当年也是这样，与王子健疯玩疯闹、卿卿我我的时候，将他远远地抛之脑后；一旦受了什么委屈，比如与王子健闹了别扭，立马就会想到他。听说，他现在生意做大了，日子也过得风光起来，时不时地飞出国门逛逛。或许，自己就这样死翘翘了，他还在哪国游山玩水呢。唉，总之男人没一个好东西！

一阵剧烈的咳嗽，将她的思绪打断，她感觉自己的五脏六腑都要被扯碎了。好不容易平静下来，她感觉喉咙又干又痛，总有一口痰在那儿堵着，怎么咳也咳不出来，特别难受。于是她挣扎着起身，胡乱吃了几颗药。重新躺下后，白雪梅感觉更难受了，先前一直觉得有点燥热，现在反而浑身发冷。最后，实在是受不了了，冷得浑身打战，她只能起身，从柜子里抱出一条毛毯，紧紧裹在身上，可还是冷，浑身抖得厉害。不对啊，这大热天的，怎么突然这么冷呢？白雪梅支起身来，往镜子里看了看，不对呀，自己的嘴唇都紫了，再低头一看，自己全身都变得又红又紫，老天，别是药物中毒吧，抑或过敏了？那一刻，她的心里充满了凉意与绝望。这个点儿，王子健不可能回来。她犹豫着，最终还是拨通了他的电话。一遍、两遍、三遍……电话久久无人接听。白雪梅的眼泪无声地滴落下来，王子健明明知道她病了，还是这样日夜不归家，回来也是醉得昏天黑地。这几天，他嫌白雪梅咳嗽吵得他心烦，索性搬到客厅去睡了。这样的无情与漠视，让白雪梅作为一个女人的自信与自尊尽失，感情的温度降到了冰点，他究竟是不再爱自己了。以现在的情形来看，他不光不爱自己，简直就是嫌弃得要命啊！这样的婚姻还有什么意义？这个家早已变成冰冷无情的世界，她整个人快被煎熬成了干菜。

如果……如果当初她选择的是"罗锅"，如今又会是怎样一种情形呢？人生没有"如果"，况且她即便是现在，仍不喜欢看刘罗国那斜视的左眼，以及那不可救药的"罗锅背"。此刻，如果王子健站在她床前，哪怕他一句关切的话语都没有，恐怕白雪梅也会转怒为喜吧。她甚至还会自省，日子过成这样都是自己的错，是自己不够漂亮、不够好，不能让这个男人更深地爱上自己。而他一直以来，都是那么魅力四射，那不羁的长发与一脸的坏笑，加上局长公子的光环，不知蛊惑了多少女人的心。她白雪梅，又怎么忍心恨他。

白雪梅感觉更冷了，上下牙齿直打架，心头却像燃着一团火，焦躁难安。

"'罗锅'，快来救我！"她终究还是拨通了那个电话。不到十分钟，"罗锅"就带着两个"白衣天使"赶来搭救她了。他也真是夸张，连"120"都叫来了。下楼时，白雪梅在"罗锅"的怀里哭得肝肠寸断。

躺在医院的病床上，看着刘罗国忙前忙后的身影，她的眼泪流了又流，并一次次在心里自问道，当初到底是自己瞎了眼，还是爱情瞎了眼？

梦中的婚礼

"地狱之门",哈哈,黄梅在网上的大名就叫"地狱之门"。想想看,多么诡异,多么炫酷。

一早醒来,"地狱之门"就开始感觉百无聊赖,随手摸出床头柜抽屉里面的苹果7S,点击进入"QQ音乐"。曼妙、动人的旋律宛如牛奶般轻溢而出,滋润着地狱之门干涸的心田。手机里播放的正是理查德·克莱德曼的钢琴曲《梦中的婚礼》。

莫名其妙,"天堂之光"只是个二十四岁的毛头小伙子,怎么就能左右现年三十有二的成熟美女"地狱之门"呢。这首钢琴曲《梦中的婚礼》,"地狱之门"是越听越喜欢,越听越痴迷。真的很奇怪,他俩第二次聊天的时候,"天堂之光"就跟"地狱之门"分享了这首曲子。

"天堂之光"一上来就问:为什么会叫"地狱之门"?

"地狱之门"毫不示弱:那你呢,"天堂之光"又是个什么"鬼"?

"天堂之光"发了个大大的笑脸表情:哈哈,看来咱俩彼此彼此。

"地狱之门":这就算认识了!

"天堂之光":是啊,你是地,我是天。一阴一阳,缘分啊!

"地狱之门"：怎么，跟我打太极，玩深沉？

"天堂之光"：没有啊，原本只是就事论事，有感而发嘛。

那日，"地狱之门"一想到与"天堂之光"的几句闲聊，就觉得这家伙有点意思，比网上那些无聊、恶俗的家伙强多了。于是，再次打开微信时，"地狱之门"竟有了几分期待。

"地狱之门"：你是中文系的吗？

"天堂之光"：你是大学教授？

"地狱之门"：何有此问？

"天堂之光"：感觉好像是我们学院的教授在发问。

"地狱之门"：你不会真是一个白面书生吧？

"天堂之光"：有何不可？

"地狱之门"：有点遗憾。

"天堂之光"：遗憾？为何？

"地狱之门"：遗憾——不是你们学院的教授呀，嘻嘻。

"天堂之光"：感觉小姐姐好幽默。

"地狱之门"：已经是老大姐了。

"天堂之光"：不会呀。

"地狱之门"：你怎知晓？

"天堂之光"：凭直觉吧。冒昧地问一句，小姐姐平时喜欢听音乐吗？

"地狱之门"：喜欢。

"天堂之光"：太好了！知音呀简直是，可以分享一首我喜欢的曲子给你吗？

"地狱之门"：可以呀。

网海茫茫，两个无厘头的称谓，一首令人沉醉的钢琴曲，天高地远，虚无缥缈。"地狱之门"突然有一种身处外星球的失重感。或许这样更好,身处地球,她就是一个百分之百的倒霉鬼。不光倒霉,简直就是晦气。天生一个肾也就罢了,偏偏这一个"宝贝"也不给力。慢性肾炎、肾衰,这些可怕的字眼,对于"地狱之门"来说,不就是梦魇,不就是"地狱之门"吗?偏偏父母还让她学医,这不明摆着让她更加清醒地认识到自己离"地狱之门"日期将近吗?换肾,肾源在哪里?找到能换成功的又谈何容易。

"天堂之光"小小年纪为何也会取如此怪异的网名?难道他是一个虔诚的基督徒吗?

再次打开微信,"地狱之门"竟显得有些急不可耐。

"地狱之门":还是觉得你的网名有些令人费解,"天堂之光",你信教吗?

"天堂之光":不。

"地狱之门":那……

"天堂之光":你想探秘?

"地狱之门":好奇而已。

"天堂之光":小姐姐对我就那么感兴趣?着迷啦?

"地狱之门":自恋狂!不知羞!脸皮够厚!

"天堂之光":姐姐谬赞!那你现在就不好奇了吗?

"地狱之门":爱说不说。

"天堂之光":好吧,还是告诉你吧。其实也不算什么秘密,只是我得了一种怪病,而我恰巧又自认为是一个好人,好人生病受难是不是应得到"天堂之光"的抚慰呢?

"地狱之门":不会吧,这么巧。偏偏我就是传说中的庸医,会不会恰巧庸医治怪病呢?

"天堂之光":哈哈,庸医治怪病?感觉你这人真逗。

"地狱之门"：是吗？突然有一种同病相怜的感觉。

"天堂之光"：同病——相怜？

"地狱之门"：庸医同时也可以是病号呀。

"天堂之光"：不会吧？这么巧。

"地狱之门"：天高地远，一阴一阳，巧是不巧，偏偏就碰上了。

"天堂之光"：宇宙间奥妙无穷啊！

"地狱之门"：值得探讨。

在认识"天堂之光"之前，"地狱之门"觉得自己是天底下最倒霉的人了。天生体弱多病，偏偏身高一米七五，怎么看都不像一个"病西施"，想装可怜都难。除了时常这样自艾自叹外，她偶尔也会替老公强感到不值。何必呢？所谓的爱情真的就那么伟大吗？又不是不知道自己喜欢的女孩子有病，偏偏还要瞒着家里人，执意要跟她结婚。现在结婚都四年多了，公婆盼孙子盼得都快要发疯了。他们哪里知晓，是他们的宝贝儿子存心要断了他们的念想。现在，"地狱之门"最不敢直视的就是公婆期许、疑惑的眼神。还有强那种关切、讨巧的神情也让她难以接受，难道这人上辈子亏欠了她，这辈子来还债？"地狱之门"当然知道，她应该感恩戴德，用双倍的爱来回报强。可不知为何，她就是一看到这个男人就来气。

"地狱之门"突然好想找个人倾诉一下。

"地狱之门"：好烦！烦死了！

"天堂之光"：怎么啦？

"地狱之门"：就是觉得自己太倒霉了。

"天堂之光"：是啊！……是挺倒霉的。

"地狱之门"：不好意思，你也挺倒霉的。或许，我不应该向你诉苦。

"天堂之光"：没事，你比我幸运，至少还有希望，可以等肾源。

"地狱之门"：看来你还真是个好人呢，这么好心地安慰人家。

"天堂之光"：我本来就是个好人呀。遇上我，是你的造化……

"地狱之门"：看看这人，又在那里"王婆卖瓜"了。

"天堂之光"：以后你就知道了。

"地狱之门"：感觉你比我乐观。

"天堂之光"：你很悲观吗？

"地狱之门"：有时候喜欢胡思乱想。

"天堂之光"：你的胡思乱想一定挺有趣，可否分享一下？

于是，"地狱之门"真的就如同开闸放水，一泻千里，尽兴倾倒着心中的苦水。事后，"地狱之门"不无愧疚地反省，自己真是太忘我、太自私了！这样对待同为病号的"天堂之光"，就不怕自己泼出来的苦水将"天堂之光"活活淹死。可"天堂之光"竟说，你是个幸运的女子，"地狱之门"永远也不会为你敞开。"地狱之门"突然有些感动，可面对一个24岁、身患渐冻症的大男孩，她竟有些语塞。

原来这个世界上倒霉的人真的不止自己一个，而自己之前所有的愤恨此刻显得有些幼稚可笑。

当再次遇上"天堂之光"，"地狱之门"开门见山地表达了自己的心境。

"地狱之门"：突然感觉沾了你大名的光呢。

"天堂之光"：怎么，终于瞧见天堂之光、希望之光了吗？

"地狱之门"：你说的，人要有希望嘛。

"天堂之光"：有长进，赞一个。

"地狱之门"：是啊，我现在每天都听理查德的钢琴曲。

"天堂之光"：看见没，活着就会遇见美好。

"地狱之门"：是啊，《梦中的婚礼》这曲名听上去就好浪漫、好美好。

"天堂之光"：要不，再分享一首曲子给你？

"地狱之门"：好呀，好呀。

这次，"天堂之光"给"地狱之门"分享的是电影《毕业生》的主题曲《The Sound of Silence》（《寂静之声》）。"地狱之门"恰巧看过这部电影，男主角是一个帅气的大学毕业生，对未来深感茫然的他，未能抵御一位美艳而风流的夫人的魅惑……听到那熟悉的旋律，"地狱之门"莫名地脸红了一阵。她伸出冰凉的双手，狠狠地拍了拍自己发烫的面颊。

原来聊天也是容易上瘾的，"地狱之门"现在每天一有空就巴望着能与"天堂之光"聊上几句。上次聊天时，"天堂之光"突然说，想看看她。"地狱之门"当然没有答应。虽是如此，可她不由得打开相机，玩起了自拍。只是拍来拍去，没一张令她自己满意的。她索性将绾起的长发披散下来，并拿起小木梳，对着立镜，梳理着自己略显干枯的卷发。遂想起，她好久没去理发店打理头发了。还有自己这张蜡黄的脸上，不知什么时候长出了一些可恶的小斑点，一拍照片，更显得难看。幸好她的眼睛又大又亮，鼻梁高挺，嘴唇宽大而肥厚，配上一张端庄的长方形脸，倒是有几分耐看的。可这张脸怎么看都像一个女汉子，也是没有办法，谁让她长得像她军人出身的父亲呢。还有那双可恶的大长腿，虽说令很多女孩子艳羡，可"地狱之门"天生只有一个肾，远远不够"滋养"她这副"海拔过高"的身躯。如果她长得小巧玲珑，说不定就不会太拖累这唯一的宝贝。再说了，长相含蓄的女子即便身体有恙，也是会惹人怜爱的吧。"地狱之门"突然想到她的老公"土豆强"。说起来也是好笑，第一次看到强矮墩墩、圆滚滚的滑稽模样，她便毫不客气地给他送了一个雅称"土豆强"。不想，"土豆强"不但不生气，反倒像受了女神的恩惠一样，变得感恩戴德起来。更可气的是，就凭他那个"小样"，他还好意思说，要呵护她一辈子。两人站在一起，怎么看怎么像大姐姐牵着小弟弟。

当"天堂之光"再一次提出想看看"地狱之门"的相片时，"地狱之门"瞬间决定办一张美容卡。这么多年，都没好好地打理一下自己。不光是不打理，用表妹的话说，简直活得不像一个女人。也是，她一天到晚素面朝天，也就结婚时买了一套化妆品，一直放着没用，早过期扔掉了。平日里，也就偶尔用一用洗面奶，抹点"孩儿面"。提起她的"孩儿面"，表妹就恨得牙痒痒，多次扬言要将她的婴儿面霜扔进垃圾桶，并救灾似的给她送来几盒韩国进口面膜。可"地狱之门"一点也不领情，说敷面膜太麻烦，让表妹拿走。表妹恨铁不成钢地质问道，你还是个女人吗？真是白白浪费了一张好看的脸。虽说"地狱之门"有一双大长腿，走到哪儿都分外拉风，可她整日一脸晦气，实在有些让人敬而远之。

"地狱之门"突然意识到，这么些年，自己太在意那个看不见摸不着的病肾了。稍有不适，便感觉那个"病宝宝"如同一颗定时炸弹，随时都有可能引爆。可"天堂之光"没有将她当成一个病号，在他眼里，她就是一个正常的女人，并对她充满了好奇。

有一天，"地狱之门"的心终于软化了，她决定拍一张美丽的照片发给"天堂之光"。不过，她还是想先吊一下"天堂之光"的胃口。

"地狱之门"：干吗对人家那么好奇呢？

"天堂之光"：因为我预感到与我聊天的是一位大美女。

"地狱之门"：唉，早已是人老珠黄、青春不再。

"天堂之光"：不会啊。

"地狱之门"：要不男士优先。

"天堂之光"：还挺狡猾呢，不过你要有心理准备哦。

"地狱之门"：不会是恐龙吧？

"天堂之光"：对我就这么没有信心？好吧，就让你见识一下什么叫作真正的帅哥。

"地狱之门"（捂嘴偷笑）：够狂！不会貌胜潘安吧？

"天堂之光"：不是我自负哦，实在是造物主太眷顾于我了，想早早地收回去呢。

"地狱之门"：这会儿倒又自怜起来了。

"天堂之光"：与美女姐姐比起来，还是差一点境界呢。

"地狱之门"：你说我顾影自怜？

"天堂之光"：没有吗？

"地狱之门"：我上个星期去办了一张美容卡，前天又被同事"忽悠"去办了一张健身卡。

"天堂之光"：挺好的，这是满血复活的节奏啊！

"地狱之门"：谁让你老是问我要照片。

"天堂之光"：看来本人功不可没。

"地狱之门"：实在是又老又丑，身材走样，有些对不起观众。

"天堂之光"：那这几天一定变美不少哦。期待中……

"地狱之门"：期待什么？

"天堂之光"：神仙姐姐从天而降呀。

"地狱之门"：讨厌！你的玉照呢？

"天堂之光"：真想看？就不害怕……

"地狱之门"：害怕什么？

"天堂之光"：只怕伊人从此害了相思，心神难安，夜不能寐啊。

"地狱之门"：只怕某人先就狂妄自大，疯癫了起来。

"天堂之光"：哈哈，看看这个小女子，竟然比鄙人还志得意满。今天就让你惊艳一番。

"地狱之门"：……

"天堂之光"果真发了一张照片过来，且还是全身照，那高大威猛的身材和俊朗的面容，怎么看怎么像一个健身教练。

"地狱之门"：有些震惊。

"天堂之光"：我就知道。

"地狱之门"：你是体育学院的吗？

"天堂之光"：上次你还说我是中文系的呢。

"地狱之门"：比我们健身房的教练还像健身教练呢。

"天堂之光"：对头，我挺喜欢健身。

"地狱之门"那次终究没有给"天堂之光"发照片，"天堂之光"也好像忘了这件事情。不过那天聊天结束以后，"地狱之门"在卫生间洗漱时，对着镜子，拍了好几张妩媚的自拍照呢。等再一次遇到"天堂之光"，"地狱之门"竟主动分享了自己的美颜照。"天堂之光"也及时反馈了自己的观后感：果真是个大美女啊！不过这大长腿，恐怕也只有我这般伟岸的身躯才能 hold

（把控）住吧。"地狱之门"嗔骂道，小屁孩一个，少在姐姐面前充大。话虽如此，"地狱之门"却突然在内心深处意识到，自己的确也不过是一个柔弱的小女子罢了。

一连好几天，"天堂之光"突然就从网络里消失了。"地狱之门"每天拿着手机，茫然失措。难道是病情加重了？不至于发展到连手机也玩不成吧。老天爷啊，造物主呀，何至于如此残忍。这样一个美好的大男孩，如同一束光，照亮了一个弱女子内心如同地狱般的黑暗，如今，连这一束光也要收走吗？

在"地狱之门"一天天的失望，又一天天的期许中，"天堂之光"终于在微信上回复她了。

"天堂之光"：万分抱歉，让你久等了。

"地狱之门"：是啊，好没礼貌的家伙，突然就玩起了失踪。

"天堂之光"：很想我吗？嘻嘻，我要的就是这个效果。

"地狱之门"：坏人。你不会是故意的吧？

"天堂之光"：没事。你有老公陪呀。

"地狱之门"：干吗扯上他？

"天堂之光"：本来就是嘛。再说了，原因你知道啊，我的手指头偶尔罢工也很正常呀。

"地狱之门"突然感觉有些难受，胸口如同一道闪电划过般刺痛。

"地狱之门"：那你现在感觉还好吧？

"天堂之光"：究竟是美女大夫，职业病又犯了。

"地狱之门"：没良心的家伙，人家关心你嘛。

"天堂之光"：我知道啊。

这次聊天，不知为何，总感觉有一团黑压压的云雾在两人的头顶盘旋。"地狱之门"突然感觉有些后怕。

"地狱之门"（狠狠地说了一句）：我命令你，再也不许跟我玩失踪，听到没有？

一阵恐慌与悲怆之情猛然袭来，"地狱之门"不由得泪奔。

作为一名大夫，她知道自己这样说，纯属无理取闹。而"天堂之光"的躯体，迟早有一天会变成无助的断线木偶，动弹不得。

生命竟是如此脆弱，病魔又是何等的残忍无情啊。作为一名大夫，"地狱之门"再一次感到深深的绝望。

接下来的每一次遇见与交谈，对于"地狱之门"来说，就如同过春节般满怀期待与喜悦。很多时候，"地狱之门"都差点忘了，自己也是一个重症患者。时值四月，草长莺飞，春暖花开，这真是一个烂漫的好时节。当"地狱之门"穿着新买的白纱裙，涂抹着淡淡的唇彩去上班，不少同事都感叹：好漂亮的口红，好飘逸的长裙呀！"地狱之门"不由得会心一笑，感觉自己的一双大长腿变得更有弹性与活力了。

"地狱之门"本来以为，这样的日子可以一直持续下去。哪知，"天堂之光"突然又不见了踪影。

就在"地狱之门"差不多绝望的时候，突然收到"天堂之光"的留言：很抱歉，我并不是"天堂之光"，我是"天堂之光"的妹妹，我哥哥已经走了。不过，他临走前让我告诉你，要相信奇迹，说不定他就是你的奇迹，你的希望之光、天堂之光。他早就签订了遗体捐献手续……

"地狱之门"看着看着，眼泪很快就模糊了视线，仿佛有一只无形的黑手死死地挤压着她的心脏，很快，她就什么也不知道了……

一个多月以后，"地狱之门"终于出院了。她的肾脏移植手术很成功,她老公乐疯了,一天到晚将那张大脸庞笑成一朵向日葵的模样。"地狱之门"每每回想起"天堂之光",想到他说的那些话:你要相信奇迹,说不定我就是你的奇迹,你的希望之光……是啊,他俩在茫茫"网"海中相遇相知本来就是一个奇迹,更让人料想不到的是,"天堂之光"不光自愿捐献出自己的肾脏,偏偏还能配型成功。七夕节那天,她偷偷从家里溜出来,先是去了花店,接着又去了婚纱店……

正是在那一天,城外的守墓人看到一个奇怪的女人,身披婚纱,手捧鲜花,久久地站立在一处墓碑前,并隐约听到有美妙的乐曲声传来。他哪里知道,这首钢琴曲,正是理查德·克莱德曼的《梦中的婚礼》。

留守女人蔡花

女儿小贝经常到马路对面的陶子家去玩，一来二去，我与陶子的妈妈蔡花便熟识起来。蔡花是个全职妈妈，闲暇时间喜欢打打牌。她也是今年下半年才有了点真正意义上的空闲时间。她的双胞胎儿子二宝、三宝上了幼儿园后，她才有了喘息的时间。

上个星期六下午，陶子前脚刚到我家，蔡花后脚就带着二宝、三宝跟来了。陶子不满地瞪了她妈妈一眼，便躲进小贝的房间，刚准备将房门关上，三宝眼疾手快，忙冲上去用身体将门撞开了，二宝很快也贴了上去，嘴里直喊，姐姐，姐姐，快开门，快开门……小贝忙对陶子说，要不，我们一起玩捉迷藏吧。二宝、三宝乐翻了天，满屋乱窜。蔡花有些难为情地对我笑了笑说，这些小东西太皮了，不好意思，打扰你了。说着，便站起身来，冲陶子喊道，你个疯丫头，带着弟弟好好玩儿，别在阿姨家到处乱跑。我将刚泡好的绿茶递给蔡花并对她说，你喝茶，别这么客气，我们家难得这么热闹，随他们去疯好了，小孩子嘛。蔡花说，我就怕你嫌吵，我是习惯了。我说，我家小贝还不是常去你家给你添麻烦，你有时间也多过来坐一坐。蔡花说，李医生在医院上班，平时又忙，我不好意思过来打扰你。再说，我马上要去广州他爸爸那儿打工了。你说，我应不应该去啊？主要是伢们……听了她的话，我感到有些意外，也明白了她此行的目的。

　　我迟疑了一会儿，不由得想到第一次去她家的情景。那时我俩还不太熟，她直接将我带到她二楼的主卧室里。卧室里铺了复合地板，地板上撒满了儿童玩具、零食袋和一些碎纸片，卧室靠窗的墙角摆了一个24英寸的彩电，小贝和陶子席地而坐，津津有味地看着综艺节目，二宝、三宝一刻不停歇，蹒跚着脚步满房打转。房间壁柜的门敞开着，里面的衣服堆放得杂乱无章，有一两件还拖到地板上来了。床头陶子的小书桌上面摆放着一台开着的旧电脑，里面正在运行的游戏程序是"植物大战僵尸"，二宝、三宝争先恐后地往凳子上面爬。床尾的一张靠背椅上，堆满了午餐时用过的菜盘与碗筷。我呆站在房门口，将卧室扫视了一遍又一遍，实在有些不知所措。蔡花见此情形，笑了笑说，我一般晚上打扫。她边说边用手扫了扫床尾，叫我就在床上坐。我迟疑地用手抹了抹床上的旧床单，慢慢地坐了下来。我对坐在地上的女儿喊道，小贝，来，挨着妈妈坐。女儿看电视看得入迷，头也不回地对我说，我不，我就坐地上。蔡花说，房间的地板我每天晚上都要拖一遍，我晓得你们当医生的，讲卫生。听了她的话，我有些不好意思，于是真诚地对她说道，这两年真是辛苦你了，一个人在家带着三个孩子，又没有人搭把手，生活上能马虎就马虎一点。我和小贝的爸爸两个人带一个伢，都感觉累得不行。

　　蔡花叹了口气说，我从小就是个孤儿，没有感受过家庭的温暖。所以在我心里，家庭和老公最重要，排在第一位。可能你们都是将孩子排在第一位吧，我不是这样……我有些意外地看着她说，可能是远香近臭吧，我有时还巴不得老公出几天差，免得一天到晚在面前晃，惹人烦！蔡花真切地说，你是身在福中不知福啊！我老公一年才回来两次，而且，总是不到一个星期就走了。

他虽然每天都给我打电话，可远水救不了近火……不怕你笑话，我晚上经常躲在被子里面哭……

那次带着小贝离开蔡花家时，我的心变得湿漉漉的。我对小贝说，你以后放假还是叫陶子到咱家来做作业吧，她家里太吵了。小贝说，我叫了，可她妈要她在家帮着带弟弟，不让她到咱家来。我忙问道，那她妈干什么呢？小贝一本正经地说道，你还不知道吧，我们一放假，她妈就叫陶子带小弟弟，她自己出去打牌。我还经常帮陶子给她弟弟冲奶粉喝呢。我听得心惊肉跳，内心很为女儿担忧。我故作轻松地对女儿说道，哎呀，我家贝贝原来这么能干！不过，一定要小心，千万不要烫了手。女儿自豪地说，小 case（意思），我又不是只冲过一次，我都冲过好几次奶粉了。我说，怪不得我总看见陶子趴在她妈妈摩托车坐垫上面赶作业，原来她是要带小弟弟啊！女儿说，是的，你才晓得！陶子每个星期五晚上都必须将作业做完，星期六、星期天就在家带小弟弟。她妈妈就出去打牌。

一次我在超市买东西无意间碰到蔡花，就问她，一般都去哪里打牌。蔡花听了说，是不是陶子告我的状？唉，烦得很，昨天又输了一百多。你别以为我喜欢打牌，实在是心里苦闷得很，就去轻松一阵子。有时我真想一下子飞到广州找我老公，可孩子们怎么办呢？看着蔡花黑瘦的脸庞，我不由得想到王昌龄的两句诗："忽见陌头杨柳色，悔教夫婿觅封侯。"于是我对她说，不是陶子说的，你别错怪她。也是啊，我们这小地方，连个像样的公司也没有，你老公如果回来，你们一大家子怎么过日子……蔡花说，我们如果只生陶子一个孩子就好了。

见我半天不搭腔，蔡花接着说道，我前段时间回了一趟乡里，叫陶子的奶奶过来帮我带伢，我到广州去打工。老太婆死活不答应。我又叫我老公给她打电话,毕竟是自己的儿子,儿子求她,她也就勉强答应了。你是知识分子,你觉得我去打工行不行啊?我沉思了片刻说道,陶子和她两个弟弟未必会让你走吧。蔡花为难地说,陶子不肯让我走,她现在都不理我了。至于二宝、三宝,他们还是"糊涂虫",你也觉得不好吧?我说,主要是三个伢都太小了。再说,陶子现在读六年级,正是小升初的关键时期;而双胞胎刚上幼儿园……可你们夫妻长期两地分居也不好。蔡花忙说,是啊,我现在不走,可能永远也走不了啦。再不走,我会疯的。

几天后,我突然接到陶子的电话,她在电话里抽抽搭搭地对我说,阿姨,快……快到我家来,二宝、三宝烫伤了,我奶奶不知道怎么办好。我忙问,你妈妈呢?陶子说,我妈妈到广州去了。我说,你妈这么快就走了?你弟弟他们哪里烫伤了?严不严重?陶子说,我……我也不晓得。我安慰她道,陶子别怕,我马上就来。

当我赶到陶子家时,她们一家老小已经哭作一团。她奶奶一个劲儿地对我哭诉,我这是造得什么孽啊,养了一代又一代。如今,伢的脚烫伤了,我还要落埋怨。我忙宽慰她,别急,你先帮着把二宝、三宝的鞋跟袜子脱下来。陶子,你也过来帮忙。二宝、三宝痛得又哭又叫,好不容易才将他俩的鞋子脱下来。由于没有及时处理,袜子有些地方已经和脚粘住了。我忙叫陶子找来剪刀,将袜子小心剪开,再慢慢脱下来。二宝的左脚和三宝的右脚烫得比较厉害,两只小脚变得又红又肿,上面布满了大小不一的水泡。我柔声哄着双胞胎:阿姨带你们到医院去上药,好不好?抹了药就不痛了,二宝、三宝乖啊,千万不要将你们脚上的泡泡抓破了,要不然,就更痛了。三宝大声哭喊道,我不到医院去，我不打针。二宝也哭喊道，好痛！我的脚好痛！我也不打针。

陶子奶奶感激地对我说，真是多亏了你这位好邻居。我一个老太婆，遇到这种事都快吓傻了。你说怎么办就怎么办。在路边等出租车的时候，陶子奶奶一个劲儿地催陶子，快给你妈打电话，叫她快回来，就说两个"冤孽"的脚烫伤了，需要住院。

电话打通了，陶子跟她妈说了两句，就将电话递给了我：阿姨，我妈要跟你说话。我忙接了过来，蔡花先是问了问儿子的伤势，接着用一种几近绝望的语气对我说，李大夫啊，我这次如果回去，恐怕再也走不了啦！我一时语塞，眼前不由得浮现出蔡花那黑瘦的脸庞，还有她那幽怨、落寞的眼神……

魂归何处

花朝节过后,陈家墩西头的黄兰香如同打了鸡血般一直处于亢奋状态。也难怪,村里人早就听说,她二哥黄家财在省城搞建筑、包工程赚了大钱,在武汉买了别墅,安了家。她的老头子在工地管账,老娘也在儿子家享清福。老黄家的祖屋除了过年,平日里都是"铁将军"把守着。花朝节那天,家财忙里偷闲,回老家钓鱼,见老屋门口杂草丛生,房子看上去也破败不堪,当即就发话:推倒重建。他的话真可谓一言九鼎,三天后,老黄家的房子就开始动工了。

在兰香大嗓门的宣扬下,她二哥在黄家大湾建乡间别墅的事情,陈家墩的村民显然也了如指掌。村里有不少人在那里帮工,兰香也是三天两头往娘家跑,简直成了大半个监工。

老黄家的屋基在村子东头的马路边,别墅建成后,可谓鹤立鸡群,分外抢眼。黄家财坐着宝马车回家看过两次,并叫人在屋后的马路边种上一排小树苗,在院子以及房子周围的花圃里种上一些花草。他还特意请了"地仙",择定一个黄道吉日,准备大宴宾客,庆贺新房竣工。

农历六月初八,正是"地仙"给兰香娘家选定的好日子。兰香头天晚上兴奋得一晚上没有睡安生,早上一睁开眼,太阳已升得老高。她一骨碌翻身起床,见陈军并不在身边,她在心里犯嘀咕,埋怨陈军没有早点喊她。她草草地洗漱了一番,麻利地系上围裙,扯着嗓子叫女儿起床;到地里喊爸爸回来吃早饭。吃早饭的时候,兰香一个劲儿地数落陈军,你个木头人,一早醒了又不晓得叫我,你又不是不晓得今天要到二哥家去。陈军不以为然,时间还早得很,你去那么早干吗?兰香早就窝了一肚子气,你就不晓得去早点帮忙招待一下客人,还真当自己是贵客,只出一张嘴巴吃。不是我说你,你就是茅坑的石头——又臭又硬。二哥家盖房子,你帮过一天忙没有?姐夫就知道去帮忙,哪像你,一点儿都不开窍。你不是天天去报到吗?再说,小云和小康也要人照看。少拿细伢当挡箭牌,他们哪里需要你管。再说了,你是你,我是我,说你不开窍,你就是不开窍,难怪二嫂肯关照姐夫,总是叫二哥给他一些小工程去做。姐夫本来就是泥匠,很懂里面的门道,我又不懂工地上的事……

夫妻俩你一言我一语,吵了一早上。临出门时,陈军气呼呼地推出摩托车,扭动钥匙,使劲踩踏杆。哪知,这当口偏偏车子也给他添堵,任他怎样踩,车子就是启动不了。他试了试电启动,还是不行。兰香见此情形,更是火大,大吼道,你是做什么事的人,明晓得今天有事,又不晓得检查一下你的破车。今天是碰上鬼了,前两天我骑着还是好好的。要不,我还是打电话叫姐夫开面包车来接我们。算了,免得又去麻烦他。姐夫这段时间在二哥家帮忙,事情够多的了。恐怕大姐一家早到了,他家的面包车本来就快些。兰香边收拾碗筷边催促道,车子还没启动?小云和小康也急了,在一旁直叫:爸爸快点,爸爸快点,我们要到舅舅的新屋里去抢糖吃。

陈军心里火急火燎的,他快速地蹬着踏杆,累得口干舌燥、浑身是汗。他冲小云喊道:"去,去,到屋里去拿条毛巾来,顺便给我倒杯水。"小云连忙转身往屋子里跑去:"妈妈,妈妈,爸爸要喝水。"兰香没好气地冲女儿吼道:"喝什么水,喝个鬼,一早上连个车子1也没有发动。"这时,陈军在院子里大叫道:"好了好了,可以走了。"

陈军侧身将小康抱到他胸前的位置坐下,小云很快爬到摩托车后座,等兰香坐好了,一家人终于风风火火地出发了。一路上,兰香不停地唠叨,真是越忙越打岔,这都一上午了,还没到,二哥家今天上梁,客人肯定很多,多一个人就多一个帮手……陈军闷着头不吭声,将摩托车开得飞快,好不容易到了黄家大湾村口,老远就听见鞭炮声,陈军一走神,车子冲到一堆麻石上,他"哎呀"一声惊叫,下意识地将小康护在胸前,人仰车翻,他很快就不省人事。兰香和小云也被抛出去老远。

前来贺喜的村民发现了他们,忙跑去兰香二哥家喊人。她二哥一行人赶到后,手忙脚乱地将兰香一家人抬上她姐夫的面包车,火速赶往医院。可怜的陈军身为一家之主,在医院急诊室里因抢救无效,撒手人寰。因为他死死护住了小康,小康只受了点皮外伤。小云摔倒在妈妈身上,亦无大碍。兰香的左腿摔断了,算是捡回了一条命。

消息传到陈家墩,陈军的父亲伤心过度,当天晚上就中风了,追随儿子而去。兰香的老娘到医院看望女儿,见女儿哭得眼睛红肿,全身缠着白色绷带,一条腿被悬空吊起,动弹不得,老人家不由得老泪纵横。兰香在医院里住了一个多月,出院以后,头发竟白了一大半。她很快就发现,不光小云变得痴痴呆呆,不爱说笑,小康更是一天到晚低垂着双眼,缩在屋角,一句话也不肯说。兰香看着这一对吓傻了的儿女,心如刀割。她扭头盯着丈夫的遗像，悲叹道，你个死鬼倒是一走了之，留下这老的老、小的小，叫我以后的日子怎么过啰。

兰香出院回到家，左腿上还打着石膏，她婆婆每天红肿着双眼，从村子东头的小屋赶过来，照料兰香母子三人的饮食起居。一天傍晚，狂风大作，骤然下起了暴雨。兰香看着外面的情形，叹了口气说，唉，这鬼天气！妈，你今晚就住在这边吧，叫小云和你睡。等明天雨停了，你索性搬过来住，免得跑来跑去的。老人家慢吞吞地放下碗筷，又扭头看了看屋外，哀叹道，我老陈家也不知上辈子造了什么孽，到头来，倒是我这白发人送黑发人。我也想让小云跟我做个伴，等雨停了，小云就跟我到那边屋里去。老头子百日未满，那屋里也少不了人。

几天后，家财开着一辆商务车，载着全家老小来看兰香。他自从当了老板以后，这几年，除了过年来打个照面，平日里从未到兰香家走动。兰香见娘家来人了，忙喊小云："云儿，快把我的拐杖拿来。"兰香婆婆忙从厨房迎了出来："哎呀，娃的外公外婆、舅伯舅妈，你们都是大忙人，还劳烦你们大老远来探望。"她边说边走上前，拉着亲家的手，哭诉道："亲家，我这个老太婆有罪过啦，连累兰香在我老陈家受苦受累。"小云的外婆热泪盈眶，她也紧紧握住亲家的手，叹息道："亲家，出这样的事，哪个想得到呢？老话说了，天灾人祸，怨只怨我家兰香这孩子命薄，福分浅。"

二嫂见兰香挣扎着要起床，忙对她说，你就在床上靠着，不用下来了，我们又不是外人。家里突然来了这么多人，小康吓得一下子躲进自己的小房间，怎么叫都不肯出来。兰香的老爹和二哥忙着从汽车后备厢往屋里搬礼品。兰香的婆婆见状，一个劲儿地说，这怎么好意思，让你们破费了！

兰香对呆站在床头的小云说，傻丫头，快去给外公外婆、舅伯舅妈他们倒水喝。家财对兰香说，我们不喝，不用倒了。又问道，兰香，你的腿好些没？兰香说，好多了。家财接着说，事情到了这一步，你现在千万要想开些，只管在家好生养病，有什么困难尽管说。说完，起身从皮包里拿出三万块钱递给兰香。兰香边推让边说，二哥，我哪能要你的钱，我和陈军的医药费还没有还给你呢。二嫂忙站起身说，你快拿着，一家人不说两家话，现如今还说什么还钱的事，你只管安心养病，心放宽些，莫瞎想。

兰香哭诉道，要不是二哥、二嫂帮忙，我这日子真的是没法过了。小云见妈妈哭了，也在一旁抹眼泪。兰香母亲的眼泪也出来了，她起身将小云拉进怀里，让她坐在自己腿上，问她，云儿，康康呢？快喊他来吃巧克力，舅舅、舅妈给你们买了好多好吃的。小云低下头，小声说道，小康胆小怕人，就是叫他，他也不会出来的。兰香的老爹抓了一大把巧克力糖递给小云说，康康不出来，你把糖给他送去。小云双手捧着糖，向弟弟所在的房间走去。

兰香的母亲看着小云离去的背影，对兰香说道，康康以前不是这样的，怎么突然变得这么怕人？兰香擦了擦眼泪说，我也觉得有点奇怪，自从出事以后，他就变了。伢不光晚上睡觉不安生，眼神也变得痴痴呆呆的，一天到晚既不出去玩儿，也不开口说话。我真有点担心，他是不是摔傻了。兰香的母亲说，别是吓丢了魂。我改天去庙里问问师傅，好好求一求，拜一拜。兰香的二哥忙说，这小伢的事千万不可大意，我看还是赶紧到武汉的大医院去看看。二嫂忙说，是啊是啊，还是双管齐下比较稳妥。要不明天就叫姐夫开车来，送康康去看看。兰香的母亲说，是得去看看，也好让大家放心。兰香听了，说，我这个样子怎么陪他去医院看病？我还是早点去医院将腿上的石膏拿下来，好陪他去医院。这时，兰香二哥的手机响了，他忙起身到外面接听电话。

不一会儿，小云奶奶到兰香的房间里来了，她刚刚煮了一大锅肉丝面，进来叫亲家一家人去吃面。家财见状，忙说，奶奶太客气了，刚刚公司来电话说有急事，我们得马上走。小云奶奶说，二舅伯一家难得来我家做客，我们也没有什么好招待的，你们将就一下，吃了面再走吧。要不然，我心里过意不去啊。

二舅妈忙出来解围，说道："奶奶不用客气，家财公司真有事。刚刚老娘说了，她留下来帮忙照顾兰香。我们走了，有时间再来看奶奶。奶奶年纪大了，一定把心放宽些，好好保重身体，兰香和两个伢以后还要靠您老人家照顾。"小云奶奶叹了口气说："我现在也是个废人了，肩不能挑，背不能扛，老天真是不长眼，你说将我这老太婆收了去该多好。"小云的外公宽慰道："生死有命，各人有各人的命数。亲家这段时间事情比较多，你不用送，我们走了。"

几天以后，兰香去医院拆掉了石膏，她终于可以带着小康去武汉看病了。兰香的二哥听说兰香要来，提前一天叫人在网上帮小康挂了个专家号。一早，兰香的姐夫和平开车将兰香、小康等一行人送往医院，兰香和她大姐桃香在医院陪小康看病，岳母和小云暂且先去家财家。和平将岳母和小云送到家财家之后，就回工地去了。

市儿童医院看病的小伢真多，一直等到上午十点多钟，才听到叫小康的号。给小康看病的是个头发花白的女大夫，她和蔼地问了兰香几个问题，开了几张单子，让去做几项检查，然后慎重地对兰香说，这位妈妈，以我多年的临床经验来看，你儿子的病情不太乐观，很有可能是自闭症。兰香忙问，大夫，那要不要紧？我儿子治不治得好？女大夫说，这个就不好说了。这个病顾名思义，就是小患者将自己封闭在自己的小世界里，不肯融入社会生活中来。所以，你要有个心理准备，这个病一般来说病程比较长，有的人可能一辈子都得与它做斗争。兰香的大姐急了，忙问，大夫，怎么小孩会突然得这种怪病呢？那要怎么治啊，是不是得住院？女大夫说，这个病的病情比较复杂，可能之前的车祸就是个诱因，加上亲人离世对他造成一种很强的刺激……如果你们早点送过来，我们及时对他进行心理疏导，可能会好一些。总之，先住院观察一段时间再说吧。

真是一波未平一波又起，兰香这叶小小的孤舟在生活的狂风大浪面前，显得是那么茫然与无助。桃香心疼自己的妹妹，忙宽慰道，你也别太担心，现在医学水平这么发达，小康肯定会治好的。小康的住院手续办好以后，桃香便乘轻轨去了二哥家。小云见了她，一个劲儿地问，姨妈，我妈妈和小康呢？他们怎么还没来？桃香看着小云乖巧的模样，怜爱地说道，你弟弟生病了，妈妈要在医院照顾他。小云说，我也要去医院。小康胆子小，在医院肯定很害怕，我要去陪他。小云的外婆在一旁问道，桃香，小康看起来不痛不痒的，医生为什么要他住院呢？桃香说，医生说很可能是自闭症，我也不太清楚是什么怪病，以前没听说过这个病。老太太说，这就怪了，下午你赶紧陪我去庙里找个师父，我得好好算一卦。

三天以后，小康的主治医师下了明确的诊断：小康患的是自闭症。他奶奶和外婆都急坏了，每天在家烧香拜佛。小康在医院住了半个多月，出院以后，他每个星期还得去医院做康复治疗。为了方便小康治病，兰香主动提出要承包二哥工地上的小卖部，他们母子就住在小卖部旁边的板房里。八月底，眼看小云要上小学了。兰香既为儿子的病情忧心，又为小云的学业着急。桃香家前两年在武汉市内买了房，儿子也转到这里上初中。一天，她来到兰香的小卖铺，见小云在洗碗，就对兰香说，小云真懂事！可你拖着这两个孩子也不是个事。孩子们马上要开学了，小康上幼儿园还好说，小云上小学的事可马虎不得。她边说边拉着妹妹的衣袖说，走，走，我们到二哥办公室去商量点事。兰香说，什么事？搞得神神秘秘的。云儿，你看着店啊，别到处乱跑，我到你舅伯那儿，去去就来。

一路上，兰香问姐姐，找二哥什么事啊？桃香说，是孩子的事情，你去了就知道了。到了家财的办公室，见和平也在那儿，兰香说道，姐夫也在啊。二哥，你找我什么事？家财站起身来招呼姐妹俩坐下，然后对兰香说，我早想找你好好谈谈，可一直抽不出时间。今天好不容易有点空闲时间，你跟我好好说一下，你今后到底是怎样打算的？你总这样拖着两个孩子待在工地上，也不是长久之计。你现在还年轻，以后还要再找个人过日子，可你拖着两个"拖油瓶"，负担太重，不太好找。你说是不是？兰香苦笑着说，我能有什么打算？只能走一步看一步。只是小云马上要上小学了，乡里的小学条件不好，城里的小学太贵又读不起，我怕耽误了伢的学业。家财抽出一根烟，点着了，然后对妹妹说，我们前两天在家里商量了一下，大姐、大姐夫当时也在，大家也都替你着急。本来，我和你二嫂计划将小云带回我家养着，正好跟我那大丫头做个伴。可大姐不同意，她说她没女儿，想将小云带回她家去养，大姐夫也同意了。现在，就看你怎么想。和平嘿嘿笑道，小云这孩子挺懂事的，就是不知道我们有没有那个福分。兰香听了二哥的话，惊得半天说不出话来，好一会儿她才抬起头擦了擦眼泪，哑着嗓子说，这事太突然了，我还没有考虑得那么长远。并非我对你们两家不放心，确实，我……小云不管是到你家还是大姐家，我都一百个放心。只是，我……这事真的太突然，我一点心理准备也没有，还是过几天再说吧。况且，她奶奶还在，我得回去和她商量商量。桃香说，我们也晓得太突然，今天找你来只是初步商量商量，你自己想好，我们不会勉强你的。再说了，这么大的事，肯定得经过她奶奶同意。过两天就叫你姐夫开车送你回去一趟，你自己也好好想想。家财说，是的，关键还得你自己拿主意。大姐和大姐夫也是一片好心，想着你现在处境艰难，想替你分担一些压力。

兰香回到小卖铺，心情怎么也平静不下来。晚饭后，她特意将小云叫到身边，问她，云儿，学校马上要开学了，你是想回乡里上小学，叫奶奶照顾你，还是愿意在武汉上学呢？小云用稚气的声音回答道，我真的可以留在这里上学吗？那太好了！兰香又问，那你喜不喜欢姨妈家，还有你强强哥哥？小云点了点头，又摇了摇头说，姨妈家的房子很大，还有很多好吃的东西，可姨妈喜欢发脾气，她打强哥屁股的时候，样子可吓人了。兰香想到大姐的火爆脾气，心里更拿不定主意了。她拉过女儿胖乎乎的小手轻轻地抚摸着，弄得小云咯咯直笑，连声说，痒，好痒，妈你弄得我的手好痒。晚上睡觉的时候，兰香特意让小云和她头挨头躺下，还将小康赶到了床尾。小云欣喜地抱紧妈妈，心满意足地闭上眼睛。突然，她又一骨碌翻起身来，对兰香说道，妈妈，康康胆小，让他也到我们这边来睡吧。兰香偷偷抹了抹眼泪，将小康抱了过来。工地的床真的是太小了，那一晚，他们母子三人头挨头，几乎抱成一团。两个孩子很快进入了梦乡，他们的梦一定很甜很美。兰香瞧着两个孩子睡梦中的笑脸，越瞧越欢喜，越瞧越痴迷，他俩就是兰香的心头肉啊！可转念一想，这么可爱的孩子却要跟着她吃苦受累,太可怜了!此刻,她心里的酸楚之泪几乎要将她淹没。她痴痴地盯着小云俊秀的小脸、长长的睫毛,在心里绝望地哀叹道,我可怜的孩子啊,你俩都是妈妈的心肝宝贝,你让妈妈如何抉择。兰香又想到丈夫那个"短命鬼",她的眼泪决堤般奔涌而出……

  第二天起床的时候,兰香的眼睛烂桃似的肿得老高。洗脸的时候,她用湿毛巾敷了又敷。三天后,和平和桃香过来了,他们大包小包地拎了不少东西过来。桃香留下来守店,和平开着车带着兰香回乡下去了。返乡路上,兰香一言不发,显得心事重重。和平知道她心里难受,于是宽慰她道,小云来我们家,又不是到了别处。你姐姐就不必说了,至于我,你也尽管放心。我们没有女儿,小云到了我家,我一定待她和待强强一个样。如今孩子少,都很金贵。我知道你舍不得,但你也要想开些,现在你也是没有办法了,小康需要你照顾,店里的事又多,你还得为以后做打算,是不是?兰香未语泪先流:小云到了你们家,肯定是找到个好去处了,我没什么不放心的。只是孩子养了这么些年,我这心里……和平说,自己身上掉下来的肉,肯定舍不得。可这也是万不得已的事。我们也是考虑到你的难处,才想出这个法子的。再说,你想小云可以随时过来看她,也可以将她接过去住几天。

  和平又回乡下见了小云奶奶,老人家也于心不忍,可思虑再三,还是无奈地妥协了。她老泪纵横地向和平哭诉道,怨只怨我老陈家景况不好,加上小康又是这个情况。也怨我这老太婆没有用,让兰香一个人受累。至于小云的事情,最后还得她妈妈拿主意。无论怎样,我都没有意见。以后到了姨伯家,在城里上学,那也是她的福气。和平听了,劝慰道,你老人家年纪大了,也要放宽心。至于小云的事,我家虽说不是大富大贵之家,可你放心，我和桃香一定不会亏待她。小云就算到了我家，一样还是你的孙女，长大后一样会孝敬你。小云奶奶用衣袖抹了抹眼泪，说，我放心，我当然放心。就只怕我没有那个福气，等不到小云长大孝敬我。兰香哭着对婆婆说道，妈，你也别怨我心狠，哪个做娘的不爱自己的伢呀……见此情形，和平心里也很不是滋味。他不由得在心里暗暗思忖：老天爷啊，千万别到时候好心办了坏事。

时光飞逝，转眼间十七年过去了，小康已长成了一个帅小伙。经过多年的求医问药，他终于肯走出自己的小天地，步入学堂。虽然直到现在，他还是不肯主动与人交往，也不肯多说一句话，可别人问他话时，他会简短地回答是或不是。小云也在桃香家平安长大，她本来就是一个乖巧的女孩子，大家都很喜欢她。刚到桃香家时，小云总是吵着要回家，桃香耐着性子哄她：你妈又要看店又要带小康去看病，哪有时间送你上学？你做我的女儿多好，我明天就带你去买花裙子、买新书包……过两天，就叫你"爸爸"开车送你和小强去上学。她边说边叫小强拿出一些零食和玩具，陪着小云边吃边玩儿。慢慢地，兄妹俩就变得亲近起来。上学以后，小云很用功，成绩一直名列前茅。每到寒暑假，她都会回乡下看望奶奶。奶奶见小云长得白白净净的，在学校里成绩又好，甚感欣慰。她总是语重心长地对小云说，云儿，奶奶没有用，不能抚养你长大，你也不要怨你娘，她也是命苦，没有办法。你要有良心，要对你现在的爸爸妈妈好，长大了要好好地孝顺他们……说着说着，她不由得老泪纵横，小云也忍不住偷偷地抹眼泪。

这么多年来，兰香一直孤身一人带着小康在工地上做事。他们从她二哥的一个工地辗转到另一个工地。桃香心疼妹妹，一有空就带着小云去兰香的小卖铺里帮忙。小云除了耐心地辅导小康功课，还会默默地做一些力所能及的事情。每次小云来了，兰香总是兴奋不已。她时常笑容满面地对小云说，云儿又长高了，也越来越漂亮了，边说边拿出一大堆好吃的堆在她面前，可小云的态度总是淡淡的，不太愿意理会兰香。兰香见状，仍是热情不减，接着问，云儿，你中午想吃什么？我现在就去买。桃香见了，嗔责道，每次见了女儿，就忘了我这个姐姐。你自己生的女儿，她喜欢吃什么，你不晓得？兰香呵呵笑道，那我现在就去买些好藕，熬排骨汤。小云最喜欢吃我熬的排骨藕汤了。

小云读大四那年，忙着写论文，很少回家，兰香那儿自然也就去得少了。有一天，桃香急匆匆地跑到兰香的小卖铺里，气呼呼地说道，小云现在长大了，翅膀硬了，我跟她爸爸的话根本听不进去，她哥说她也不听。你说她，眼看要毕业了，却与校门口一个卖奶茶的小伙子谈朋友。本来，我还跟你二哥商量，准备正式将她介绍给彭总的儿子。他俩也算有缘分，那彭总的儿子彭帅与小云在一个学校念书，还与小云在一起吃过几次饭，对小云喜欢得不得了，整天围着小云转。你说，现在出了这个纰漏，搞得你二哥也很为难。兰香说，你上次不是说，她挺喜欢彭帅吗？那小伙子也不知人品怎么样？桃香大声说，人家是老总的儿子，还会差到哪里去。听说毕业后，还要去美国留学。如果他们的关系确定下来，就可以一起去留学。你说，这是多好的事啊！听说那个卖奶茶的小伙子只读了个中专，就出来做小生意了。不瞒你说，上次小云回来，好言相劝她不听，我气昏了头，她长这么大，我还是第一次冲她发火，将她狠狠地臭骂了一通。她一生气，三个月不肯回家。她爸爸说我不该骂她，还特意去学校接她，她也不肯回来，你说气不气人？兰香说，那现在怎么办呢？

她也没到我这里来。说不定过几天，等她气消了就好了。桃香说，前两天，彭帅家已托人来说亲了，你叫我现在怎么答复人家？再说了，他俩在一个学校，彭帅如果知道小云谈了个朋友，事情就复杂了。兰香说，要不，我去学校找她谈谈？桃香点点头，说，好，好，你现在就去，我在这里帮你看店。对了，你还是先给她打个电话，看她在不在学校。兰香说，这样也好，免得错过了。可她一连拨了三次电话，都无人接听。桃香急了，用自己的手机拨过去，还是无人接听。她生气地说，这丫头反了，连老娘的电话也不接。算了，算了，你又走不开，还是我和她爸爸明天到学校去一趟。

第二天下午，桃香夫妻俩愁眉苦脸地来到兰香店里，桃香气呼呼地说道，这个没良心的"白眼狼"，养了这么多年，算是白养了，气死我了！兰香忙问，找到小云没有？和平说，小云在三天前离开了学校，她主动申请去援藏，到西藏教书去了。桃香懊恼地说道，听说那个卖奶茶的就是西藏来的，小云肯定是被他勾引去了。哎呀！如今真是"山高皇帝远"，上哪里去找她呀！兰香束手无策，在一旁不停地抹眼泪。和平说，我们还是找二哥商量商量，看他有没有什么办法。现在，只要小云平安就好。桃香咬牙切齿地说，这个狠心的丫头，找到她，看我不打断她的腿。和平没好气地说，你还说，就是你把她骂走的。桃香又急又气，也哭了起来，她含着泪申辩道，谁叫她那么缺心眼，我还不是为她好。兰香虽然心里比谁都着急，可她还是对姐夫、姐姐说道，你们都别急，她这么大了，晓得自己照顾自己了。她如果吃不了那里的苦，自然就会回来。

一个月过去了，虽然家财到处托人打听，小云还是音信全无。桃香气得大病一场，整天唉声叹气。这天，她正无精打采地坐在阳台上晒太阳，突然手机响了。她一接听，原来是快递员打的。她满腹疑虑地想，难道是小强给她买的药到了？等她拆开包裹一看，原来是小云寄来的。她给桃香一家三口每人织了一条围巾，还在包裹里夹了一封信。信中写道：我从小就不受老天爷的眷顾，成了命运的弃儿。怨只怨自己命不好。都说婚姻是女人的第二次生命，如今，我已经长大了，再也不愿接受命运的捉弄与摆布。爸爸妈妈这么多年对我视如己出，辛辛苦苦将我抚养长大，你们的恩情我永世不忘。前不久，我发了工资，我用自己第一个月的工资，买了鄂尔多斯最好的羊绒线，亲手给爸爸、妈妈、强哥每人织了一条围巾，以此来表达我的感激之情以及羞愧之意……桃香捧着围巾看了又看，接着又给和平和小强打电话，她一个劲儿地说，这个傻丫头，哪个要她的围巾！也不晓得说一声什么时候回来，我们好开车去接她。和平安慰道，小云一向懂事，她会回来的。

兰香听说小云来信了，高兴得又哭又笑，心里的大石头总算落了地。可夜深人静之时，她不由得感到心里空落落的，喉咙里像被什么东西哽住了……

鲤鱼跳龙门

一

那是很寻常的一天,我无意间在报箱里发现了一封信——儿时伙伴敏的来信。我拿着信,小心而又急切地将它撕开。可这信上写的是什么呀——敏,我儿时那个聪慧的小伙伴,她余下的大半生将选择《红楼梦》里惜春的命运,与青灯古佛相伴……晴天霹雳!我茫然地跌坐在沙发上,思绪却回到故乡那条小河……

故乡的举水河既是我们的母亲河,也是我们童年的游乐园。夏天一到,附近村子里的小孩就三五成群地到河边放牛。那时,在河边放牛可有趣了!把牛牵到河边的草地上,让牛自由自在地吃草。我们这些放牛娃便在草地上玩耍、嬉戏、打滚,到河边摸螺蛳、拾贝壳;有时,村子里大一点儿的小孩还会带来野餐用具,在河边的小水坑里摸些小鱼炸着吃;更有趣的是,我们还会跑到河对岸的藕塘里摘莲蓬、采菱角吃……夕阳西下,太阳像一个大火球掉在了水中央,河水披上了仙女的五彩霞衣,令人目眩神迷,我们带着"战利品",骑在牛背上,一路说笑着回家去。

有一天,我和同村的几个小伙伴正在河滩上的水坑里摸鱼,我一抬头,看见有个小女孩骑在牛背上,正准备蹚水过河。我之前也曾跃跃欲试，可一直是"有贼心没贼胆"。于是我忙跑过去看，不承想刚跑到河边，就见小女孩从牛背上滑落水中。看着她上下扑腾，我刚开始觉得挺滑稽，忍不住哈哈大笑起来。可不一会儿，小女孩突然就没影了，我这才慌了，忙大声喊道："哎呀，不得了啦！有人掉到水里面去了……"同村摸鱼的几个小伙伴听见我的喊声，都陆续跑了过来。两个会游泳的大男孩连忙顺着我手指的方向游了过去，所幸水不深，他俩很快发现小"冒失鬼"漂浮在水面的长发，于是一把抓住，将她拽出水面。女孩子估计是被拽疼了，竟一下子从水里面站了起来。虽说水刚到她的胸口，可小女孩受了惊吓，"呜呜"哭了起来。两个男孩子见状，显得有些手足无措。我忙蹚水过去，将小女孩拉上岸来。后来才得知，这个小"冒失鬼"叫敏。

二

从什么时候起，我们开始渐渐远离故乡那条小河，远离了我们的游乐场呢？

哦，入学，对，就是那可恶的学校。上学以后，我们一天到晚被老师关在教室里，学习那蝌蚪般的拼音和数字。我们的小学校园坐落在一个很大的鱼塘旁边，塘边种满了柳树。课间，我和敏时常穿梭于柳树翠绿色的"长发"间，却连一条不起眼的小鱼也没有抓到。于是，我俩开始怀念起在河边摸鱼的日子。

夏日的教室热得像蒸笼，鱼塘边柳树上的知了聒噪个没完没了，老师手中的粉笔也一刻不肯停歇。我抹着脸上的汗水，低声对敏说道："哎呀，热死了！又不能到河边去洗冷水澡。"

敏低头小声回应道："嘘——等会儿数学老师听到了，咱们又要罚站。"

我偷瞄了一眼讲台上的数学老师,他老人家正眉飞色舞地讲得起劲,我心里一阵窃喜:"瞎说,老师没听到。咱们放了学去河边玩,顺便洗个冷水澡,怎么样?"

"你不做作业?"敏顶了我一句,就不再搭理我了。

我噘了一下嘴巴,嘀咕道:"那我们就星期六再去。"

那个周末,我一早就跑到敏家院子里喊她:"走啊,去放牛。"

敏的妈妈听见了,忙从屋子里走出来:"我家敏儿的作业还没有写完,你的作业写完了吗?"

"我还没开始做呢,回来再做也不迟。"

"那可不行,还是叫你爷爷去放牛,你们在家好好写作业。"

敏站在一旁,噘着嘴巴不作声,我气呼呼地走了。星期一返校,我故意加快脚步,将敏远远地甩在身后。可她毫不知趣,在后面边跑边喊:"等一下,等等我,我要跟你说点事。"

"什么事?神秘兮兮的。"话虽如此,可我还是放缓了脚步。

敏飞跑几步赶了上来,气喘吁吁地说:"看你跑那么快!你还不知道吧?村头的张爹爹死了。听说,他是吊死的,就在前面的菜园里。"敏边说边贴近我,双手将我的左手臂抱得紧紧的。

"张爹爹是吊死的?"

我们那时,早上不到六点钟就要赶往学校上早自习。田间的小路漆黑一团,我赶紧用手电筒往菜园那边照了照,菜地两旁的树影、瓜藤显得阴森森的,像"鬼"影。四周小虫子吱吱的叫声听起来分外凄厉、吓人。我顿觉全身汗毛倒竖,不由得冲敏大声吼道:"你找死呀,这时候说这骇人的事,害得我都不敢走了。"

"那怎么办呢?"敏眼看就要哭了。

"能怎么办?赶紧冲过去!"我边说边拉着敏拼命往前跑。自此之后很长一段时间，我俩都绕道而行。

有一年国庆节，爸爸带我和弟弟到武汉去玩了一天。回来以后，我兴奋地对敏说，我爸爸带我和二毛到武汉动物园去玩了，可有意思了！那里面不光有猴子、孔雀、蟒蛇、大灰狼，还有老虎、狮子和大象呢。我说得眉飞色舞，接着告诉敏，我爸爸说了，只要用功读书，将来考上大学就能去武汉上学，毕业以后还能留在武汉工作呢。

"真的吗？那太好了！我也要我爸爸带我到武汉动物园去玩。"敏羡慕得不行。

"你爸爸不答应怎么办呢？"我追问道。

"那我就使劲读书，将来上了大学，我天天到动物园去玩。"

"到时候，我也要和你一起去。"

"来，拉钩。"

"一言为定。"

从那以后，敏像变了个人似的，学习越来越用功。

一天清晨，天刚蒙蒙亮，我和敏打着手电筒，快步往学校赶去。走到半路，突然下起了雷阵雨，我俩慌忙从池塘里摘了几片荷叶顶在头上，一路向学校飞奔。一不留神，跑在前面的敏滑倒了，跌进路旁的稻田里。我忙扔掉手中的荷叶，将敏拉了上来。看着敏满身是泥，像一条大泥鳅，我抹去脸上的雨水，哈哈大笑起来。"你还笑，你脸上还不是有泥巴，像个丑花猫。"敏懊恼地甩着手上的泥水，眼泪漫出了眼眶。我忙转过脸去，用手使劲捂住自己的嘴巴，生怕笑声一不小心就从指缝间冒出来。

第二天一早去上学，我见敏咳得厉害，就对她说："你咳得这么厉害，到学校来做什么呢？还不如在家好好睡一觉，等病好了再来。"

哪知敏听后,生气地说:"你就巴不得我生病,你自己好在老师面前表现吧。"

"瞎说,把别人的好心当驴肝肺!"我冲她大声吼道,随后,一个人气鼓鼓地朝前走去。

中午放学时,见敏咳嗽得厉害,我也就不那么生气了。敏哑着嗓子告诉我,她好像在发烧,下午不想去上学了。那天是星期五,第二天,我吃完早饭就跑去敏家,帮她把周五下午的课补上了。

日复一日,年复一年,不知不觉间,小考结束,我们迎来小学最后一个"狂欢节"。听说以后要到很远的镇上去念初中,还得住校,我俩约定,谁也不去镇上念书,就待在家里放牛。像我们村里的爱莲、国兵,小学一毕业,就再也不去上学了,村里这样的小孩还有很多。一块放牛的伙伴当中,只有志强一个人上了初中。但读初二的时候,他因姐姐的缘故不得不离开学校,重新回到河边放牛。

三

志强的姐姐春娥是个机灵的好姑娘,暑假期间常跟着父亲走乡串户卖冰棒。那年发大水,村子里的人纷纷在河堤上搭起帐篷,暂时安了家。那会儿河里的鱼可真多呀!随便往水里撒一下网就能网不少鱼,一个人拉都拉不动。我们这些小孩感到很新奇,兴奋地在堤岸上跑来跑去;要么围成一团,看别人网鱼;要么就在自家帐篷外的草堆里打滚。没几天,汛情加重,我和弟弟被爸爸用箩筐挑到外婆家避难去了。

也不知道过了多久,大水才慢慢退去。第二年一开春,就有一些本地人和外地人在河边筑堤。那些外地人以河南人居多。春娥在筑堤的时候，认识了一个河南的小伙子，两人很快产生了感情。完工后，春娥的男朋友回家去了，临走前，再三邀约春娥上他家去玩。说是如果双方父母同意，就将两人的婚事订下来。

在一个月后的某个良辰吉日，春娥登上了南下的列车，在火车站上厕所的时候，与一位貌似热心的中年妇女搭了几句话。两人正聊得起劲，冷不防蹿出两个彪形大汉，还没等春娥反应过来，就被那两个大汉迅猛地用麻袋套住带走了。春娥虽拼命挣扎，无奈手脚被绑，想动也动不了；嘴巴也被堵上了，想喊也喊不出来。可怜的春娥是叫天天不应，叫地地不灵。最终，她被卖到一个偏远山区，给一个四十多岁的山里汉子做媳妇。刚开始的几天，春娥又哭又闹，一心求死，坚决不从。一日，山里男人被她闹得心烦意乱，于是解下腰间的皮带狠狠地抽打她……第二天，他就逼着全身青紫的春娥跟他拜了堂，成了亲。

春娥失踪的消息一传开，她远在河南的男友千里迢迢赶到春娥家，一进门，就跪倒在春娥的母亲面前失声痛哭。春娥的父亲见状，一边叫喊着"你还我女儿"，一边抄起扁担冲上前去要打他，被一旁围观的村民拽住了。

家里出了这样的大事，春娥的母亲整日以泪洗面，几乎哭瞎了眼睛。她父亲也整天阴沉着脸，不苟言笑。志强心里难受极了，再也无心念书。

五年后，春娥奇迹般的出现在村民面前，手里还牵着一个两三岁的小女孩。不想几个月后，那个山里男人也找来了，最终被志强的家人轰走了。

四

小学毕业那个暑期,我和敏几乎每天都去河边放牛。两人也经常在河边的沙滩上嬉戏、玩耍,偶尔也会闹些小别扭。记得有一次,爸爸从武汉买回来好几本课外书,还有一支崭新的钢笔、一个粉色书包以及一大袋大白兔奶糖。我高兴极了,第二天兴冲冲地背着新书包到河边放牛。敏一见我的新书包便两眼放光,羡慕得不得了,要知道,之前我们背的都是又旧又寒酸的布书包。我连忙将书包放在膝盖上,小心翼翼地拉开拉链,从里面拿出两本故事书和两颗糖。我慷慨地递给敏一本故事书和一颗糖,然后两人便坐在河岸边树荫下的草地上津津有味地边吃糖边看书,看到精彩的地方,忍不住和对方交流分享。直到肚子饿得咕咕叫,才发现已经到了中午,该回家吃饭了。两本故事书都很有趣,敏有些意犹未尽,于是执意带回去接着看。我虽有些不舍,可经不住敏的苦苦哀求,只得勉强同意。哪知那天下午,敏竟没有来河边,我以为她在家看书入了迷,也就没太在意。第二天上午,我左等右等,还是不见她的人影。问跟她同村的小孩:为什么敏没有来?他们都说不知道。临近中午,我再也按捺不住焦急的心情,连走带跑地赶到她家找她。我在她家门口喊了她两声,没想到她妈妈围着围裙,急匆匆地从厨房出来了,热情地拉着我的手说:"珠珠来啦,中午在我家吃饭吧。"我忙问:"敏呢?我去找她。"敏的妈妈笑了笑,有些难为情地说:"她不好意思见你。你是来拿书的吧?你的书……"我忙打断她的话:"是的,我来拿书,还想约她下午一起去摘莲蓬吃。"

"敏儿,珠珠来了。"她妈妈喊了几声,也不见敏出来。敏的妈妈边喊边从客厅神龛的抽屉里拿出那本故事书:"不好意思啊珠珠，这本书的封面昨天下午被我家二毛不小心撕破了，不过你放心，我已经用糨糊粘好了。"我连忙接过书一看，果然崭新、漂亮的封面上有一条长长的撕痕，背面还有一条长长的白纸条粘在上面，显得又突兀又难看。我又气又急，眼泪差点流出来，于是招呼也没打，拿着书转身跑掉了。

一连好几天，我俩即使在河边遇见了，也都故意躲开对方。一天傍晚，妈妈递给我一封信。拆开一看，竟是镇中心中学的入学通知书——那可是我们镇上最好的初中。我拿着通知书，兴冲冲地跑去找敏，半路上，我俩碰了个正着。敏的考试成绩出奇地好，我的分数"打了个擦边球"，刚好过线。我俩笑眯眯地拉着彼此的手，将几天前的不愉快以及当初决定辍学的想法抛到了九霄云外。

开学那天，敏特意穿了件新衣服，一大早就来到我家院子里喊我。妈妈见了，笑眯眯地打开门，将她迎了进来，亲热地对她说："敏伢真是勤快，总是一大早喊我家珠珠去上学。这么久没见，你都长成大姑娘了，皮肤这么好，脸红扑扑的，哪像我家珠珠，'大懒虫'一个，只晓得一天到晚在河边疯跑，晒得像个黑泥鳅！"我听了，噘着嘴巴冲妈妈吼道："你才像个大泥鳅！她也是天天在河边玩呀！是你将我生得像黑炭，要怪就怪你自己。"妈妈听了，嗔责道："嘴尖牙利的丫头！敏伢还等着呢，还不快走。"敏冲我"羞羞脸"，捂着嘴巴笑个不停。

镇中心中学傍河而建，在教学楼的阳台上可以望见蜿蜒而下的河流、成片成片诱人的绿茵茵的草地，以及婀娜多姿的垂柳。我兴奋地对敏说道："在学校三楼的阳台上说不定能够望见我家的牛！"敏也显得很高兴，笑着说道："那么远哪里望得到。""不过都在河边，骑车去的话一下子就到了。"我兴致不减地回应道。

开学后不久,敏被推选为我们班的学习委员,她更加刻苦、认真地学习。由于要住校,刚开始我很不适应,每天早上起床后,我对自己满头的乱发束手无策,为此没少掉眼泪。敏实在拿我没辙,只得过来帮忙。她先将梳子在水里浸一浸,然后再轻轻地梳理我的头发,头发沾了水,果然顺滑了不少。

　　一个周末,敏突然对我说:"我们到街上去剪头发吧?"我一听,立马赞成:"你怎么不早点儿说。剪了就省事了,免得我每天早上梳头梳半小时,麻烦死了。"见我赞同,敏摸了摸自己乌黑发亮的头发,又犹豫起来。我一把拉起她,说:"走吧,莫舍不得,又不是剪了再也不长了。"那时满大街都在放"小虎队"的歌。我羞怯地对理发师说:"师傅,麻烦你给我剪一个吴奇隆的发型吧。"理发师乐了,说:"你又不是男生,还是给你剪一个学生头吧。"替敏剪头发的是个年轻的帅小伙,他抚弄着敏浓密黑亮的秀发,不舍地说:"这么好的头发,为什么要剪呢?"敏垂着头不吭声,一张脸涨得通红,眼泪在眼眶里直打转。剪完发,我顿觉神清气爽,于是没心没肺地冲敏喊道:"你也该剪个学生头,我现在感觉头上轻松多了。"敏笑而不语。

　　自打上了初中,我感觉自己如同孙猴子,被套上了一道无形的"紧箍"。我和敏虽然一次又一次地从河堤上经过,可再也没有时间去河边玩耍。在大会、小会上,学校领导和各班班主任不止一次地强调:大家要认真读书,争取考上区里的重点高中。考上重点高中就等于一只脚跨进了大学的门槛。那时,校园里流行着这样一句顺口溜:"考、考、考,老师的法宝;分、分、分,学生的命根。"课间休息时,我总喜欢站在三楼的阳台上,倚着栏杆眺望家乡的那条小河。它蜿蜒着绕过学校,流经我们的村庄,奔向远方那不知名的地方……

五

初三那年,村子里发生了一件大喜事,一个高中毕业生金榜题名,考上了武汉一所很有名的大学。

村子里好些年没出过大学生了,那几天,村子里比过节还要热闹,村民们见了面,便喜滋滋地谈论这件幸事。小孩考上了大学的那家人自然是欢天喜地,不光请亲戚朋友喝酒,还请来放映队的来放电影。傍晚时分,老远就看见打谷场上扯起了放电影的大白幕布。全村的男女老少都兴奋不已,奔走相告。放电影那天刚好是周末,敏兴冲冲地来到我家,约我早点去占位置。奶奶笑眯眯地看着我俩说:"看看人家的伢多有志气,真是'鲤鱼跳龙门'了!"我随口问道:"什么叫'鲤鱼跳龙门'?"奶奶接着讲道:"据说早在远古时代,有群百折不挠的小鲤鱼,不畏艰难险阻,纷纷跳越'龙门',跃过者,即成龙……"

听了奶奶讲的故事,我笑着对敏说:"依我看,下一个跳'龙门'的'鲤鱼'就是你了,到时候可要请我们看电影哦。"敏羞红了脸,冲我嚷道:"你才是鲤鱼,你个鲤鱼精。"我止住笑,正色道:"只要能到武汉去上大学,管它是什么精。我要像你这么聪明,成绩有你这么好该多好。"奶奶说:"不够聪明就多努力,多向敏伢学习。到时候两人一起上大学,那是多好的事!如果真有那么一天,你爸妈睡着了也会笑醒。"

那晚看电影,我俩无意间遇到志强。他看起来有些无精打采,见了我们也是一副爱答不理的样子,独自一人坐在打谷场一个很不起眼的地方。想必,他也是触景生情吧!如果不是她姐姐出了事,跳"龙门"的或许就是他了。吃过宴席,看完电影,村子里大人们的想法发生了翻天覆地的变化。一夜间,他们一窝蜂地重视起自己孩子的学习了。妈妈也不例外,每到周末就在我的耳边唠叨,要我向村里那个大学生学习,争取考上区里的重点高中,将来再考名牌大学。我暗自叫苦,心想,我的好日子算是彻底到头了!自此以后,敏变得更加勤奋、用功。功夫不负有心人,她的成绩一直名列前茅。

六

当然,初中时光也不全是灰色的,特别是遇到了汪老师这样优秀的老师,让我暗自庆幸不已。汪老师作为我们的班主任兼语文老师,不光亲切和蔼,课也讲得分外生动、有趣。听他讲课,对我来说,简直是一种享受。我的语文成绩跟其他科目比起来,显得出奇地好。我写的作文多次被汪老师当作范文在课堂上朗读。每当此时,我就幸福得一塌糊涂。

那时的我们,下晚自习后常喜欢躲在被子里看琼瑶的《窗外》。不知何故,我总喜欢将书中的男主人公想象成汪老师的样子。为此,敏没少取笑我。我哪肯放过她,就拿隔壁班的林峰来说事。敏作为全校的"风云人物",不光成绩优异,而且相貌俊俏。她那红扑扑的脸庞配上一双灵动的大眼睛,不知让多少男生动了心。"小雄鸡"们众星捧月般的用彩色卡片、小纸条来表达他们对敏的爱慕之情。敏不胜其烦,一律漠然置之。只有面对隔壁班的林峰时,她黑亮的大眼睛才会流露出动人的光芒。为了不影响学习,敏努力克制自己的感情,尽量不去想他。平时好不容易遇见了,也只是对着他笑一笑,便慌忙躲开了。即便如此,林峰还是招致不少男生的嫉妒与艳羡。

那会儿，有两种感觉让我刻骨铭心。一种是强烈的饥饿感，那种心发慌、腿发软、胃部刺痛的感觉让我终生难忘。那时，食堂稀饭那叫一个稀呀，简直就跟闹饥荒似的，一吹"九重浪"。上午第二节课还没有下，我的肚子就饿得咕咕直叫了；好不容易熬到放学，早已饿得前胸贴后背。等到下晚自习的时候，肚子又饿了。幸好，那时住在附近的一些居民发现了商机，每天拿一些馒头、油条过来卖，这才救了我的命。那时，敏一心扑在学习上，好像对这种饥饿感浑然不觉。还有就是强烈的困意。那会儿，我一天到晚哈欠连天，整天一副没睡醒的样子。我们从早晨六点半开始上早自习，一直到晚上九点才下晚自习。除了吃饭、睡觉，我们大部分时间都待在教室里上课、写作业、自习。敏为了节省时间，连吃饭也待在教室里面。那时的我，常常哀叹自己简直成了夏衍笔下的包身工，一天到晚在学校受苦受难。每到上午三四节课和下午一二节课，同学们在教室里打瞌睡的景象堪称一部部即兴上演的滑稽剧。下课后，我们在去厕所的路上还会笑谈一番。每当此时，敏就会不无自豪地说："我才不打瞌睡呢。"

"真令人佩服啊，你恐怕是个'铁人'吧？"同学小凤调侃道。

"汪老师不是让我们瞌睡劲上来了就使劲捏鼻子，再不行就起来站一会儿吗？"敏正色道。

"我鼻子也捏了，站也罚了，就是不管用。有时，站着眼皮都直打架，差点就睡着了，呵呵呵……"我无奈地笑道。

"服了你们了，我可不愿意虐待自己。晚自习数学老师要是再拖堂，我一定要他好看！"小凤仗着自己有点小聪明，常在班上调皮捣蛋，很令老师们头痛。"老师还不是为我们好，想多讲一会儿吗?"敏总是站在老师一边。

那天晚上,是数学老师"徐老头"("徐老头"年龄并不大,却早早秃了顶,故得此"雅称")的晚自习。上了一天的课,我们的脑海里早已是一团糨糊。下课铃响了近十分钟,其他班里的同学差不多都走光了,他还在那里不停地讲啊讲啊,好像完全忘记了时间。小凤又恼又困,她夸张地打了个高分贝的哈欠,故意将声音拖得老长,引得同学们哄堂大笑。"徐老头"瞪了她一眼,示意大家安静下来,紧接着又开始他的"催眠曲"。小凤再也熬不住了,猛地站起身来,不管不顾地喊道:"老师,我肚子痛。""好,你下去吧!"徐老师皱了皱眉头,不耐烦地说道。他正准备接着讲,突然,后面有个男生也站起来喊道:"老师,我也肚子痛。"徐老师终于被激怒了,大声斥责道:"痛你个大头鬼!听说过'东施效颦'没有?你是不是还要在脑袋后面装根辫子?"教室里顿时炸开了锅。"徐老头"的课再也上不下去了,他一脸"恨铁不成钢"的表情,冲我们摆了摆手,宣布下课。

初三下学期,我们的课基本上都上完了,进入紧张的复习阶段。那时,我们每天都有背不完的单词、做不完的试卷。到了中考前夕,我们每个人的抽屉里都塞满了试卷。有一天,小凤突发奇想,从学校食堂拿来一杆秤,然后将抽屉里的试卷捆在一起,用秤钩费力地将试卷提起来,同学们都好奇地围上去,小凤夸张地大叫:"哎呀,我的妈哟,我的手都快压断了!"她说着,"嘭"的一声,将试卷撂在地上。我忙凑上去,不停地问:"到底有几斤?"小凤故意卖关子,"你猜。"我忙说:"恐怕有七八斤吧?"马上有同学说:"肯定不止,最少有十几斤。"小凤哈哈大笑,不无得意地说道:"你们两个说的加起来都不止,有二十多斤呢。你们说,吓人不?"我哀叹道:"总有一天我们会被这'题海'淹死、逼疯。"敏却不以为然,说她妈妈说了:吃得苦中苦,方为人上人。

七

终于熬到中考百日倒计时,汪老师在教室后面的黑板上,用红粉笔重重地写上"离中考只有100天"。敏扭头瞄了一眼,马上回过头来,紧张兮兮地说:"啊,太可怕了!马上就'死到临头'了。"我听了,反驳道:"这句话应该我来说,你成绩那么好,怕什么呢?"有时候我倒巴不得早点考完,免得整天提心吊胆的,今天一小考,明日一大考,我都快成'烤苕'了。"

"我这段时间有点反常,晚上老睡不着觉,睡着了又做噩梦;白天上课的时候,脑袋昏昏沉沉的,老走神。"敏焦急地说道。

"谁叫你晚上看书看那么晚,早上五点多又起来了。再这样下去,你都快成拿破仑了。书上说,拿破仑一晚上就只睡三四个小时。"

"现在可是'刀架在脖子上'了。不拼命怎么行呢?"

"我现在是'破罐子破摔'。我要像你成绩这么好,我一点儿也不担心。"

"快别这么说,我现在紧张死了。"

"唉!算了,莫说考试的事,越说越烦。对了,昨晚林峰又给你递'条子'了吧,上面写了什么东西?"我突然压低声音,笑嘻嘻地问道。

敏的脸倏的一下红了,她偷偷地瞄了瞄讲台上的汪老师,用课本挡住自己的脸,然后才冲我低吼道:"该死的'乌鸦嘴',莫到处乱讲。那纸条我早扔了,管他写的什么东西。他也真是'神经'，都什么时候了，还有心思想这些乱七八糟的事情，我现在烦都烦死了！"我还想再问，可上课铃突然响了，我只得将想说的话咽进肚子里，等下课的时候再一吐为快。

八

在接下来的日子里，敏将自己变成了一只急速旋转的陀螺，一学习起来，就日夜不肯停歇。一天晚上，我一觉醒来，发现敏还点着蜡烛在上铺看书。我迷迷糊糊地朝敏咕噜了一句，催她快睡，一翻身，自己很快又睡着了。第二天早上起床时，敏一个劲儿地打呵欠，眼睛也肿了。我劝她别太拼命，要注意身体。可敏说她这段时间老失眠，一睡着就做有关考试的梦，然后就吓得一身冷汗地醒过来。"那你就别想考试，多想想你的'白马王子'林峰，不就一下子睡着了吗？"我故意拿她打趣。"你又瞎说，怪不得你睡得那么香甜，该不是每晚都梦到你的汪老师了吧？"敏冲我扬了扬手，假装要打我。我的脸瞬间被染成了一块红布，感觉脸直发烫。我走上前去，在敏的肩上轻轻捶了一拳。敏哪里肯依，两人嬉笑着，闹得不亦乐乎。见寝室里的同学走得差不多了，我们才慌忙洗漱去了。

早读的时候，敏一个劲儿喊头痛。我从抽屉里拿出自己常用的风油精递给她。她往两边的太阳穴上抹了一点，可一点儿都不管用。这天是汪老师的语文早自习，他看到敏难受的样子，便叫我扶她回寝室休息。我边走边在心里犯嘀咕，为什么自己头痛的时候，汪老师没有注意到呢？

从那以后，敏经常失眠、做噩梦，白天上课的时候，人总是昏昏沉沉的，成绩也有些下滑。可谁也没有太在意，以为她只是太紧张、太累了。一天上午，汪老师拿出我的作文《我的生日》，作为范文在教室里大声朗读起来。我的作文虽不是第一次被汪老师作为范文在课堂上大声读出来，可我还是激动不已。汪老师念完后，接着讲道，珠珠同学这篇作文选材虽然朴实无华，可正是这种朴实无华的生日场景——一碗长寿面、两个荷包蛋，才真实地反映了我们乡里伢过生日的情景以及长辈对我们的关爱……听到这里，我不好意思地偏过头去看敏，惊讶地发现她神情异常，嘴里不停地嘀咕着什么。

"嘿，你在干吗？"我小声地问道。

"没干什么，只是听见有好多人在我耳边不停地笑我、骂我，呜呜呜……"敏说着说着，突然难受得哭了起来。

汪老师连忙走了过来，问道："敏同学，你怎么啦？"

"我……我听见有人在骂我，我又没有惹他们。"

敏说得跟真的似的，眼泪夺眶而出。我和同学们都睁着惊恐的大眼睛看着她，心想，莫非她"中邪"了！

"别瞎说啦，我讲课讲得好好的，哪里有人骂你呢？"汪老师笑着责问道，"也不知你最近怎么搞的，老是一副魂不守舍的样子，成绩也下降了不少。"

"哎哟，我的头好痛，痛死我了！"敏并不理会汪老师的批评，自顾自地叫起来。

"这伢怎么回事？怎么一下子变成这个样子？算了算了，你还是回寝室去休息吧。"汪老师眉头紧锁，无奈地冲她摆了摆手。教室里闹哄哄的，大家都不解地盯着她看，有些同学憋不住，竟笑出了声。直至她掩面冲出教室，汪老师才重新开始上课。

下课铃一响，我就急匆匆地跑回寝室去看敏。敏红肿着双眼坐在床沿发呆。"你怎么不睡一会儿？快，快躺下。"我边说边去拉她的手。敏猛地一甩手,焦躁地说:"我睡不着,头痛死了,可那些坏人还在骂我。算了,我还是去上课吧,随他们去骂。"一丝不祥的预感掠过心头,记得有一次,我无意间听人谈起,上一届有个女生因学习压力过重住进了精神病院。想到这里,我不由得打了个寒战,嘴里不停地"呸呸呸",好像要把这个可怕的念头赶走。

我一把拉住敏,冲她吼道:"你找死啊!病成这样,还在这里逞强。""我要去上课,不然汪老师会批评我的,那些骂我的人也会笑我,呜呜呜……"敏又哭了起来,她的神情如鬼魂附体,嘴里胡言乱语。看着敏的样子,我后怕起来,她不会是真的"中了邪"吧。我六神无主,只能跑去找汪老师。不一会儿,汪老师就跟着我来到了女生寝室。他一进门就问道:"怎么搞的,你好一点儿没有?"见汪老师来了,敏紧张得一下子站了起来,她满脸通红,低头小声说道:"头还是很痛,汪老师,我没有说谎,我的头真的好痛,他们真的在骂我。"见此情形,汪老师的神情变得凝重起来,他无奈地看着敏自言自语道:"这么聪明的伢,怎么一下子变成这个样子,真伤脑筋。"随即问她:"叫你妈妈把你带回去休息几天,怎么样?""我不回去,我要去上课!"敏边说边往后退。"你跟我到办公室来一趟。"汪老师冲我招了招手,转身离去。我怯怯地跟着汪老师来到办公室,汪老师简单地问了几个问题——当然都是有关敏的,就叫我离开了。

很快,上课铃响了,仍是汪老师的课。敏说怕汪老师批评,坚持要回教室上课,汪老师不放心地朝她这边看了看。刚开始上课,她就一个人在那里自言自语。我小声地问她:"你一个人在那里说什么呢?"她看也不看我一眼,只是痛苦地一直摇头。不一会儿,她突然大声喊起来:"你们这些坏蛋,为什么要不停地骂我？害得我课也上不成……"冷不丁地她竟"扑通"一声跪倒在地。教室里顿时炸开了锅，我吓坏了，一味傻傻地盯着她看。最后，还是汪老师提醒了我，叫我快把敏拉起来，送回寝室去休息。

那天中午，敏的妈妈匆匆赶来学校。听说敏的妈妈来了，汪老师特地把她叫到办公室，仔细交代了一番。敏的妈妈回到寝室的时候，眼圈红红的。我正在哄着敏吃饭，可她直摇头，说："我不想吃，我的头好痛，那些坏蛋还在骂我……老师和同学肯定都在那里笑话我……"寝室外的确围了不少同学，连林峰也在窗外焦急地张望。见此情形，敏妈妈的眼眶一下子又红了。她强忍着泪水，颤声道："敏儿，你怎么了，哪里不舒服？听妈的话，你年纪轻轻的，莫瞎想。你说你这么好的伢，哪个人会骂你呢？要不，你跟妈妈回去休息几天，好不好？""谁叫你来的，我不回去。"敏生气地说。"还是听你妈妈的话，回去休息几天。"我附和着。汪老师这时也来到寝室，在他的劝说下，敏终于跟着妈妈回去了。看着她俩离去的背影，我再也无心吃饭了。

周末一到，我就跑到敏的家里去看她，没想到扑了个空。她爸爸告诉我，敏正在镇里的精神病院住院。我先前虽有预感，乍一听，还是感觉像做梦，怎么也无法将自己朝夕相处的好姐妹与精神病院扯上关系。敏爸爸神情黯淡地说，敏的奶奶就有这个毛病，前几年发病的时候，掉进鱼塘里淹死了。没见着敏，我心里空落落的，难受得真想回家大哭一场。

九

当敏再一次现身校园，已是一个月以后了。那天，她微低着头跟在她妈妈后面,早早地来到学校。我看见她后,惊喜地冲上前去,拉着她的手说:"哎呀,你总算回来了!"敏除了脸色有些苍白,看起来与正常人无异。敏的妈妈嘱托了我几句,就骑车离开了。这天是星期一,刚好是汪老师的课。上课前,汪老师对我们讲道:"同学们,敏同学能够重回大家身边学习、生活,大家应该感到高兴。以后大家一定要互敬互爱,互相帮助,听清楚没有?……现在鼓掌欢迎敏同学!"汪老师话音刚落,我们都用力地鼓起掌来。我边使劲地鼓掌边朝着敏会心一笑。敏不在的日子,我每天看着身边的空座位,心里总是空落落的,现在好了,敏又回来了!为了让敏快点好起来,我每天像监工一样,督促敏按时吃药、睡觉。有敏在身边,日子过得飞快,转眼就临近中考了。

  学校规定,考生中考前放三天假,不过我们在考前头一天,就要到学校集合。那天,我俩到校后,发现操场上停满了车,都是长长的大巴车,数了数,一共有六辆。初三的同学们在各班班主任的带领下依次上了车。有些考生可能还是头一次坐大巴车,显得很兴奋,一上车就叽叽喳喳闹个不停。我和敏坐在最后一排,敏一上车,就显得有些紧张。其实,一想到明天的考试,我的脑子里也是一片空白。"快看,老师在放鞭炮!"突然有同学大声喊道。大家一听,忙兴奋地站起身来,伸长脖子往外看,我也挤到窗边凑热闹。车子缓缓启动了,王校长带头点燃了第一挂鞭炮,接着其他鞭炮也都炸响了。顿时,车窗外传来震耳欲聋的鞭炮声,车上的欢呼声也响成一片。"万岁!万岁!"呼叫声与欢快的鞭炮声响成一片。一群少年变得热血沸腾、激情高涨,好像一群即将赶赴前线的勇士,随时准备在沙场上大干一场。

  "吵死了!吵死了!吵死了!"敏双手捂住耳朵,低着头与车上火热的气氛对抗着。车速越来越快,窗外的鞭炮声也渐渐听不到了,大巴车载着考生们一路飞驰,一转眼就到了宾馆。

下车后,我和敏在服务员的指引下住进了宾馆的双人间,把随身带来的衣物和书本收拾好后,我们便去看考场。当我看到自己和敏分在了同一考场,我不由得拉起敏的手,在布告栏前兴奋得手舞足蹈。返回宾馆,我又忍不住叫道:"太好了!太好了!考试的时候,要是身边都是陌生的同学,我心里就更没底了。"敏没吭声,默默地拿出一本书看了起来。在宾馆吃过晚饭,汪老师叮嘱我们晚上早点睡觉,以饱满的精神迎接明天的挑战。还说这几天他会与我们同吃同住,坚持"抗战"到最后。我们回房后不久,汪老师来敲门,他不放心敏,特意来看看。临睡前,敏硬是将药量减了一半。我暗地里替她捏了一把汗,陪着她早早上床睡觉。刚躺下,敏突然一下子坐起来,将灯打开。"我现在一个单词也想不起来。"她边说边拿起英语书。"莫又发疯!你……"我的话刚一出口,就意识到自己失言了,忙改口道:"我……我的意思是说,现在看书也没什么用。"敏听了,愣了愣,迟疑着放下书,默默地躺下了。我赶紧关了灯睡觉。

半夜,我起来上厕所,借着外面的灯光,看见敏在床上翻来覆去地睡不着。我走过去,拍了拍敏的肩膀,轻声劝慰道:"你还是再吃一粒药吧。"敏摇了摇头,倔强地背对着我。我无奈地叹了口气,重新躺下,过了好一会儿,才迷迷糊糊地睡去。

十

吃完早饭,同学们纷纷赶往考场,我和敏到达考点后,离开考还有半个多小时,敏一个劲儿往厕所跑,害得我也跟着她跑了两趟厕所。考场的铃声倏然响起,当——当——当——,一下,二下,三下……好像敲打在同学们的心坎上。敏又想去厕所,她闭上眼睛做了个深呼吸,随着拥挤的人群往考场走去。第一天上午考语文,语文恰恰是我的强项,这让我紧张的心情多少有所缓解。我不放心地朝敏那边看了看,发现她正不停地往太阳穴处抹风油精。我不由得在心里默念:好心的菩萨,你一定要保佑我和敏。考场的铃声再次响起,监考老师开始发试卷,讲解考试注意事项。中考终于正式开始了!我长长地舒了口气,开始埋头答题。我一张试卷还没有答完,敏突然双手抱着头,在考场上大哭起来。我呆呆地看着敏,钢笔从手中不知不觉地滑落,重重地掉在地上……监考老师走过去,将敏带离考场。看着敏离去的背影,我再也无法静下心来考试。当监考老师提醒我们,离考试结束还有一刻钟时,我才仓促地给作文画上了一个小小的句号。

考完回到宾馆,听汪老师讲,敏已被她妈妈接回去了。汪老师还特意做了我的思想工作,叫我"化悲痛为力量",静下心来迎接下午的考试。他说:"你现在不光是在为自己考试,也是在替你的好朋友考试,所以,一定要努力考好。"我强忍住泪水,默默地点了点头。

中考一结束,我就匆匆赶到敏家,和她妈妈一起去医院探望敏。病房里的敏不知道被医生施了什么魔法,一个人孤零零地躺着,一动也不动,一张俊俏而惨白的脸上毫无表情……我呆呆地盯着她看了很久很久,最后,连我自己也不知道我是怎么离开的。

十一

中考成绩很快就出来了。我的成绩勉强能上镇里的普通高中。镇里的教学条件很艰苦，学习气氛也不太好。我在这样的环境中越学越觉得没劲。有时我想，要是敏在就好了。想着想着，心情就糟糕到了极点。坚持了半年，我就辍学回家了，在家里待了两年。这期间，村里时不时有女孩子去南方打工。我再也坐不住了，跟着她们一起去了深圳，来到一家电子厂打工。我们在工厂每天工作将近十个小时，流水线作业把我们变成了一个个"机器人"。华灯初上，我站在窗口，看着窗外林立的高楼、闪烁的霓虹灯，感觉一切都显得那么遥远而陌生，再低头凝视自己的一双手，都起茧了。我终于意识到，深圳再好，那也是别人的城市！我开始想家，想念家乡那条亲切的小河，还有敏，不知她病好了没有？我本来身体就瘦弱，加上来自工作和思想上的压力，没过多久我就病倒了。病还未痊愈，我就辞职回家了。我回家的第一件事情，就是去找敏。敏正在家里静养。我俩一见面，就有说不完的话，显得比以往更亲密了。

　　我在家待了一段时间，有一天，我的启蒙老师胡老师突然找到我，叫我去母校当代课老师。我正闲得无聊，犹豫片刻，便答应了。自从我当上了代课老师，与敏相聚的时间就变少了。不久，我与学校的一位男同事产生了感情并确立了恋爱关系，与敏的联系就更少了。

　　再说敏，在家休养了几年，病情逐渐得到了控制。有一天，令人意想不到的事情发生了。多年不见的老同学林峰跑来找她，并告诉她自己考上了大学。敏激动得当晚就跑来找我，我兴奋地说："太好了！林峰终于替你圆了大学梦。他这次来找你，肯定是对你旧情难忘。""别瞎说，他又不是不知道我的情况，说不定是向我炫耀来了。""哎呀，你的病不是好了吗？就别疑神疑鬼的了。"那晚，敏住在了我家，我俩说了大半宿的话。

十二

　　林峰入学以后不久，不断从大学校园给敏寄来书信。敏一收到林峰的来信，就像一只快乐的小鸟飞到我的身边，叽叽喳喳地诉说她的喜悦。那段时间是敏生病以来最幸福的日子，笑容又重新回到她的脸上，她美丽的脸蛋像花儿一样绽放。看着她陶醉的样子，我真心希望林峰能天天给敏送来甜蜜与欢乐。林峰读大二的时候，将敏带到武汉，帮她在学校附近的复印社找了份工作，课余时间还教她打字。敏是何等聪明、灵巧的女孩子，很快就成了一名优秀的打字员。刚开始林峰总能抽出时间来陪敏，时间一长，倒是敏常常到校园寻觅林峰那高大、帅气的身影。每次在图书馆、操场上看到林峰，他的身边总不乏漂亮的女生。这种时候，嫉妒与自卑如无数只小虫子噬咬着敏的心。渐渐地她变得郁郁寡欢，整天疑神疑鬼、焦躁难安。林峰不来看她的时候，她巴不得立刻见到他；林峰来看她的时候，她又无端地冲林峰发脾气。事后，她自己后悔了，又去找林峰，请求他原谅。看着敏日渐消瘦的脸上挂满悔恨的泪水，林峰只能心疼地抱着自己心爱的女孩，轻吻她那潮湿的脸庞……这段时间，敏的情绪时好时坏，工作也做不下去了，最终，只得黯然离开林峰、离开武汉。

　　敏回到家中的第二天，就神秘地失踪了。她给我和她的家人分别留下一封信。在信中，她声称自己太自私，给林峰带来太多的痛苦与伤害，可那也是因为太爱他的缘故；还有她的病情以及无知让她在林峰面前抬不起头……最后她在信中写道，她永远也忘不了我奶奶讲的"鲤鱼跳龙门"的故事，可要想跳过"龙门"，只有像林峰那样聪明的男孩子才可以办到，如她这般的弱女子只能望"门"兴叹。林峰得知此事后,到处找她,可终究如大海捞针,一无所获。为此,林峰还来找过我,向我诉说他的悔恨与思念……

十三

光阴无情,它不会为任何人稍作停留。敏偶尔会写信回来报个平安,可是只字不提自己在哪里、在干什么。每当我去敏家看望她的爸爸妈妈,敏的妈妈总是悲痛地拉着我的手,一个劲儿地抹眼泪。

直到那天,我收到敏的来信,才知道她已遁入空门。她在信中说,自己进了佛学院。我在悲痛之余细细思量,这条路对于敏来说,何尝不是一种解脱。

敏失踪后,我与男友的感情也走到了终点,很快离开了学校,在武汉漂泊了几年,终于找到了自己的"真命天子"。婚后不久,我特意去了一次汉阳动物园。看着园子里那些上蹿下跳的小猴,我不由得想起儿时与敏的约定:两人一起努力,一起跳"龙门",到武汉去上大学,然后天天到动物园去玩儿。那时,我俩一谈到这个话题,就激动得心花怒放。

儿时的梦想总是那样天真美好,现实却如此惨淡。对于我和敏来说,"鲤鱼跳龙门"这个美好的故事终究只是个故事,而这个故事也将与我们渐行渐远……

警察与骗子

窗外叮叮作响,雨下得正欢。叶子慵懒地扭动着身体,轻掩因哈欠张大的嘴巴,好一会儿才睡眼惺忪地起床洗漱。一看时间,要迟到了,她慌忙拿起雨伞,冲出门去。凉风扑面而来,让叶子顿觉清爽了不少。

那时,也是这样的一个雨天,不过已近黄昏。叶子还是一个清纯的高中生,她好不容易熬到放学,微低着头,正往家赶去。快到公交车站时,猛一抬头,叶子差点撞到一个大男孩怀里。她"哎呀"一声惊呼,正要说"对不起",男孩突然向她伸出一只流着鲜血的脏手,手腕处赫然插着一把锈迹斑斑的刀,显得那么触目惊心。叶子的心脏一阵狂跳,她轻轻地拍着自己的胸口,轻呼,好恐怖呀!叶子既紧张又害怕,手心都出汗了。她伸手往口袋里摸了摸,掏出仅有的二十块钱,递到那只可怕的手里,然后逃也似的走开了。

到了公交车站,叶子一摸口袋,惨了!忘带公交卡了。她不由得回过头去瞄了一眼,那个大男孩如同幻影般一闪而过。叶子边沮丧地往前走边低头寻思,刚才遇到的那个男孩还真是蹊跷得很,为什么他的手腕上会插着一把刀呢?总之,可恶至极!不光吓人,如今还害得自己连公交车也坐不成。上帝啊,整整六站呢。说是回家,其实是回小姨家。叶子觉得她妈妈也是夸张得很,非得让她来武汉上什么省重点高中。也不想想,她这背井离乡的,真是要多惨有多惨。唉,今天还真是撞上"鬼"了!又累又饿,这可如何是好呀!

  叶子越想越沮丧,身子也越来越疲软,好不容易爬上一段天桥,她突然感觉有些恍惚,不会吧,自己是不是又绕回来了?她伸手挠了挠脑门,站在天桥上左右张望,突然瞥见天桥下面站着一个巡逻的警察。叶子脑子里瞬间闪出一个念头,她快步赶过去,气喘吁吁地喊了声,叔叔好!警察叔叔转过一张青春的脸庞,暖暖地笑道,同学,有事吗?叶子的脸如同着了火,她用手摸了摸自己发烫的脸蛋,怯声问道,叔叔,哦不,大哥哥,你能不能送我回家呀?小巡警帅气地一转身,OK(好)!没问题。叶子兴奋地拍了拍手,跟着巡警上了停在路边的一辆巡逻摩托车。

  一丝笑意在叶子的面庞展开,她轻轻转动着纤细的银色伞柄,伞檐边的雨丝如流星般滑落,她不由得浅笑盈盈。

  昨日作协为她举办了一个座谈会,在座谈会上,叶子觉得自己多少应该讲几句话,可每次在这样的场合她就发窘、发憷,什么也说不出来。她刚发表了一部短篇小说《爱情瞎了眼》。上个月,叶子患了重感冒,刚开始没怎么在意,后来又咳嗽又发烧,喉咙疼得连话都说不出来,可老公却对她视而不见,连句关心的话语也没有。虽说平时老公回来也拿着手机玩得不亦乐乎,可人一生病,往往就变得敏感、脆弱。叶子每天独自一人躺在病床上,一连挂了十多天盐水,自怜自叹,在心里认定,老公如今对她一点情分也没有了,她有老公也等于没有一样。想着想着,她心里又凄凉又堵得慌,眼泪不由自主地流了又流,她索性也懒得去擦了,任由其泛滥成河。更令人崩溃的是,这次感冒竟发展成了肺炎。叶子每日咳得连床垫也跟着她一起颤抖,老公嫌她吵,索性跑到书房去睡了。叶子前前后后缠绵病榻一月有余,病愈后,叶子心里的怨恨与伤痛却如生了根的毒瘤。于是,叶子提起笔,一口气写下了这篇小说。小说中的女主人公不顾一个痴情丑男人的苦苦追求,执意嫁给一个风流、帅气的男人。可这个一心一意嫁给自己爱恋之人的女子,婚后并未得到梦寐以求的幸福与甜蜜。每当她失意之时,便会想起那个对自己一往情深的男人。叶子偶尔也会在心里追问,女人到底是该嫁给爱自己的人,还是自己所爱之人?可思来想去,此题无解。在座谈会上,叶子想说,作者写来写去,最终无非就是自我倾诉与情感宣泄而已。其实,写文章也无须太多的技巧与章法,只要写出自己的真情实感即可。可如果叶子真这样说了,参会的其他作家也未必会认可与赞同吧。

叶子的思绪又跳回那个令人沮丧的黄昏,她坐在巡逻车上,感觉路人的眼光如同无数盏探照灯,齐刷刷地向自己扫射,她负罪般的低着头沉默不语。倒是那个小巡警,他好像看出了叶子的心思,一路亲切地逗她说笑。后来,叶子也慢慢放松下来,还开玩笑似的对巡警说,大哥哥,要不我明天早上请你"过早"吧。小巡警爽快地答应道,好啊,好啊,甚感荣幸啊。不知不觉间,叶子已经到家了。小姨见此情景,自有一番追问。

第二天,叶子按时赶到学校上课,没想到,在校门口的银杏树下又碰到了昨天那个大男孩。叶子狠狠地嘀咕一声"骗子",正要转身离去,不料,那个男孩冲叶子直挥手,并快步走了过来。叶子下意识地去看他的手,竟毫发无伤。叶子盯着男孩俊美的脸庞,气呼呼地质问道:"你个骗子,还好意思自己找上门来,有病吧你?"男孩微红着脸,笑着对叶子说:"我来就是想给你一个合理的解释,谢谢你配合我完成了一次行为艺术表演。"他边说边径直走到叶子右前方:"走吧,我请你吃早餐。"

叶子一听吃早餐,不由得想起昨晚送自己回家的小巡警。她说过要请他"过早"呢。叶子跟着大男孩走进一家比较僻静的小吃店,这家小吃店不光干净整洁,也不像普通大排档那般吵闹。叶子找了一个靠边的位子坐下,不客气地说自己要吃牛杂面。男孩到前台点了两碗牛杂面,在叶子对面坐了下来,并柔声问道:"要不要来杯豆浆?"叶子随口应道:"无所谓呀。"男孩子笑了笑,又站起身,去拿豆浆。叶子瞟了他一眼,随手翻看餐桌上的早报。突然,一个触目惊心的大标题出现在叶子眼前:《昔日巡警从疯人院逃离,昨日黄昏送女高中生回家》。叶子一时之间感觉自己陷入重重迷雾之中。

她往嘴里胡乱扒拉了几口面,就急匆匆地往外走去,男孩一直将她送到校门口。临别之际,男孩突然颤声对她说道:"以后我可以来看你吗?"叶子抬起头,一双迷茫的大眼睛盯着他看。丁零零……一阵急促的电铃声将叶子唤醒,她撇下男孩,向着教室狂奔而去……

不知不觉中多少年过去了,叶子也弄不明白,为什么突然在一个寻常的飘着雨的清晨突然忆起这段尘封已久的往事,莫非只是她脑子里又一个奇妙的构想……

一切皆有可能

这段时间，群里有关春节的消息和话题可谓铺天盖地，然而一转眼，农历正月十五都过了。随着年龄的增长，感觉自己被时间的推车推着向前飞奔。正月十六，一早醒来，孟云不由得感叹，时间如流水呀，一眨眼，已是年过月尽。躺在一旁的老公翻了个身，打着哈欠说，是啊，等会儿得早点起床，送田源去火车站。

在火车站看着儿子离去的背影，孟云眼睛一热，瞬间热泪盈眶。儿子长大了，翅膀硬了，迟早要从自己身边飞走。返回途中，孟云感觉心里空落落的，于是，在微信群里给她的三个闺蜜发了条消息，很快收到回复，那三个女人也正在无聊呢。她在群里感叹，要不然说，无聊是现代都市人的通病呢。三个闺蜜也立马回应，是啊，感觉这日子越过越无聊。四个女人于是围绕"无聊"这个话题在微信群里讨论了半天，后来，李湘和陈诗提议打麻将。孟云不由得眉头一皱，不知为何，她就是对打麻将提不起兴趣，一上牌桌，就直打哈欠，头也是昏昏沉沉的。她们之前在一起玩过几次，不过孟云一直不开窍，经常将"宝"打了，有时手上"宝"多了，和了牌也不知道，简直让人怀疑起她的 IQ（智商）来。加上颈椎不好，她每次打完牌都感觉头昏脑涨，钱也送出去不少，还得了一雅号"老送"。

看着窗外明晃晃的阳光，孟云脑海里灵光一闪，这么好的天气，何不去河边晒着太阳打打扑克牌呢。罗珍很快响应，今天的天气看上去是挺暖和的。陈诗也回复道，是啊，都下了大半个月的雨了，今天总算是"重见天日"了。李湘道，是呀是呀，出去晒晒太阳挺好的，感觉身上都要"发霉"了。很快，四个人一拍即合，相约去河边打扑克牌。

刚过完年，家里的零食、水果都是现成的。孟云带上平时外出用的防水草坪垫、扑克牌，还有一大包零食，开车去接另外三个"死党"。她们每人都带了一些吃的喝的东西，罗珍还将家里的两个风筝也带上了。很快她们就来到了河边。

阳光下，河滩上的石子放射出金色的光芒。孟云和闺蜜们放了一会儿风筝，就随便挑拣了一处平坦、干燥的草地将垫子铺开，随即拿出扑克牌、吃食，开始边吃边玩。在车上她们就商议好了，决定玩"斗地主"。输牌的人可以自由选择受罚的方式：刮鼻子、唱歌、吟诗、讲笑话、说绕口令……第一盘，孟云的牌不错，抓了一张"大王"、两个"2"、一个"A"。于是，她自信满满地翻了底下的三张牌，做了"地主"。哪知，竟是出师不利，第一个回合就被抓了。愿赌服输，只能"认栽"了。其他三个人嘻嘻哈哈地笑红了脸，孟云懊恼地说道："怎么这么倒霉，这么好的牌，竟然输了。"李湘最心急，早已勾起右手的食指，坏笑道："来吧，亲爱的，我会很温柔的。"陈诗问道："你想好了没？"罗珍说："你俩那么急干吗？说不定'老送'同志想亮亮嗓子呢。"孟云无奈地摸了摸额头说："我还是吟一首诗吧。"李湘哈哈笑道："哎哟，究竟是我们的孟诗人有雅趣。叫打麻将不打，现在还要吟诗呢。"陈诗说："吟诗挺好的呀，要不就以'春'为题，吟诵一首诗吧。"罗珍道:"还真是两个无可救药的'酸人'。"孟云说:"你们要不要听,不听就算啦。"陈诗带头鼓掌,说:"我们洗耳恭听。"孟云清了清嗓子,想了想说:"那我就献丑了,吟诵一首《赋得古原草送别》。离离原上草……""我呸,你想笑死我呀?"李湘忍不住笑着打断了她,陈诗和罗珍也笑成一团。孟云故作镇定地说:"怎么啦?这不是诗吗?再说了,你们笑得多开心,这效果,比笑话强吧。"李湘嗔责道:"真是个小妖精,笑死人不偿命呀。"陈诗说:"好了好了,接着来。"罗珍从塑料袋里面拿出四颗蜜枣:"来,好好补补。"这一把陈诗的牌不错,她正犹豫着要不要翻牌,没想到被李湘一把抢了去。李湘除了一张"大王",再没什么好牌,很快就败北了。她气呼呼地冲陈诗吼道:"你这么好的牌,也不翻。"陈诗无奈地笑道:"你这人真是不讲道理。我正考虑呢,就被你抢了先。"孟云说:"还真是猪八戒倒打一耙……"罗珍忙制止道:"你们就别吵了,愿赌服输,说吧,怎么罚?"李湘回应道:"罚就罚,谁怕谁呀。那我就高歌一曲吧。丢,丢,丢手绢……"

哈哈哈……其余三个女人笑成一团。"我的个天哪!一个比一个萌,萌宝比赛吗?"罗珍笑嚷道。孟云说:"不错呀,这才好玩嘛。"李湘说:"就是嘛,又没说不能唱儿歌。"陈诗早在一旁洗好了牌,说:"随便啦,反正图个好玩嘛。来来来,抓牌。"这一盘,陈诗的牌又挺不错的,她犹豫了一会儿就翻了底牌,做了"地主"。虽说是三斗一,可还是"地主"大获全胜。李湘惨叫一声:"上帝啊,我的命怎么这么苦呀!又输啦!"陈诗嘻嘻笑道:"姐妹们,你们谁先来露一手?"孟云自告奋勇地说:"还是我先来吧。要不我再吟一首诗吧。"李湘嚷道:"你应该叫孟诗诗才对。"陈诗拍手叫好:"李湘说得没错,你就叫小诗诗,正好做我的妹妹。"孟云轻轻拍了一下陈诗的脑袋,嗔责道:"做你的春秋美梦,姐姐我比你大半岁好不好?"陈诗笑道:"半岁也好意思说!"李湘说:"你俩就别斗嘴了!让我们共同学习一下,孟诗人,有请啦。"孟云羞怯地笑道:"这就叫作雅俗共赏,不是很有趣吗?"罗珍说:"要不来一首爱情诗吧。"孟云略微想了想,说:"好吧,那就来一首柳永的《蝶恋花·伫倚危楼风细细》好不好?"陈诗说:"'柳三变'的词最是多情,当然好呀。"

伫倚危楼风细细,望极春愁,黯黯生天际。草色烟光残照里,无言谁会凭阑意。

拟把疏狂图一醉,对酒当歌,强乐还无味。衣带渐宽终不悔,为伊消得人憔悴。

孟云的声音轻柔而略显伤感,其他三人也不由得低吟道:"衣带渐宽终不悔,为伊消得人憔悴。"

"宝贝,来来来,告诉姐姐,你为哪个帅哥这般憔悴呀?"罗珍轻轻拨弄了一下孟云肉鼓鼓的小圆脸。

李湘向孟云探过头来,神秘兮兮地说道:"是呀是呀,透露一下嘛。"

孟云用手将她的头推向一边,说:"你们别无聊了,哪有什么帅哥。"

陈诗解围道:"孟云的诗吟得这么好,你们应该多向她学习才对。现在该你们俩了。"

罗珍说:"我可不会吟诗。要不,我说段绕口令吧。"

坡上立着一只鹅,坡下就是一条河。宽宽的河,肥肥的鹅,鹅要过河，河要渡鹅。不知是鹅过河，还是河渡鹅？

罗珍念完后，大家都拍手叫好。李湘苦笑道："你们这些妖精，一个比一个厉害，哪有我这笨鹅的立足之地呀。"

陈诗轻声说道："大姐，你就别谦虚了。谁不知道你湘湘姐呀。"

李湘突然来了兴致，神秘兮兮地说道："要不，我告诉大家一个爆炸性新闻，怎么样？"

"什么新闻呀？"

"你们真的都不知道吗？就是收费室的余果呀，听说她'黑'了我们单位将近三十万呢。"

"不会吧，三十万？怪不得好几天没看见她了。"

"是呀，她一个女孩子要那么多钱干吗？"

"是真的，听说医院下发了文件，已将其开除了。她目前正在接受司法机关的调查。"

"可钱到哪儿去了呢？"

"是呀是呀，钱追回来没？"

"就是没有呀，怎么问她都不说，只是一个劲儿地哭。"

孟云突然提议道："姐妹们，要不这样吧……接下来，我们换个惩罚方式好不好？"

罗珍问："什么方式？"

孟云说："现在大家不是都好奇余果将钱弄到哪儿去了吗？那么，我们现在就罚输了的人，推测一下余果为什么要'黑'单位的钱，钱到底去哪儿了。"

陈诗说："这下可好，大家一下子都变成'大侦探'了。"

李湘说："太'给力'了，我正满脑子问号呢。"

罗珍抢过话头："我也正想告诉你们我的想法呢。"

孟云说："别急，等你输了牌再说也不迟。"

可能罗珍真的有些憋不住了，手上没什么牌，偏偏抢着做了"地主"。于是，很快就败北了。

她笑呵呵地问道："这下可以说了吧？"

李湘说："这下可好，输了牌还这么开心。孟云的鬼点子还真是多。"

孟云无奈地反驳道："也不知是谁先在这儿扔了一个烟幕弹！"

陈诗说："就是。"

罗珍在一旁急了，说："你们到底想不想听呀？我觉得，她会不会是受了什么人的欺骗或胁迫，现在不是有很多人在搞传销吗？"

李湘说："如果是传销，那就更应该说出来呀，还应该报警呢。"

孟云说："如今非法传销组织很多，也有这个可能。"

陈诗说："是啊，说不定她受到传销组织的威胁，不敢说呢。来，我们接着抓牌。"

很快，陈诗做了"地主"，被抓了。她想了想说："我前段时间看见余果，她可是脱胎换骨大变样了呢。你们没觉得她变漂亮了吗？"

李湘不屑地哼了一声："是变漂亮了不少，可她那眼睛、鼻子，一看就动过刀子。"

陈诗说："是啊，现在的整形医院都特别'火'。你们想啊，会不会是他们将钱坑了去？"

罗珍说："不会吧，三十万呢，整形医院抢钱吗？"

孟云说："那就要看她的运气喽。正规的整形医院还好，如果……"

接下来又是罗珍抢着做了"地主"，可不幸的是，她这个"地主"成功逃脱了。

她赢了牌，却输了发言权。

于是，李湘迫不及待地说出了她的猜想。她说，余果突然整得这么漂亮，说不定是谈了男朋友，可平时也没见她和哪个男孩子在一起。那就很有可能是网恋，钱被网恋男友忽悠了去，她有苦说不出。

罗珍说："如果她网恋遇上了骗子，那也是可以报警的呀。"

陈诗说："是呀，报警说不定还可以将钱追回来呢。"

孟云说："都说恋爱中的女人智商为零，我觉得真有这个可能。如果真是这样，说明她很爱那个男孩子，要不然怎么会为了他贪污公款呢。如今事情败露了，她为了所谓的爱情，肯定不愿意出卖男友。"

李湘说："你分析得这么透彻，看来你跟我想的一样。"

孟云说："是啊，可惜被你抢了先。不过，我之前好像听说她妈妈得了重病，这些年一直在家治疗，而她爸爸又在她很小的时候就去世了，会不会是她拿这些钱给她妈妈治病去了？"

李湘说："如果是这样，她也没必要隐瞒呀？"

陈诗说："就是呀，坦白从宽，如果肯老老实实地说出来，说不定还能得到单位的同情与谅解呢。"

孟云说："如果她说出来，钱就得退回去，那她妈妈的病不就治不成了吗？"

罗珍说："这种可能性也有。说不定她妈妈的病真的很严重，所以，余果一时心急做了傻事。"

陈诗说："唉，余果这孩子平时看着文文静静的，怎么突然就误入歧途了呢？对了，我想起来了，她刚上班那会儿，就隐约听说她好像受了什么刺激，精神方面有些问题，要不然，为什么这么多年也没见她谈男朋友呢。仔细算一下，她应该快三十岁了吧，长得又不丑。我就想，会不会是她又受了什么刺激，发病了，才做出这么反常的事情。"

李湘说："我的个天哪，我们的小诗诗今日还真是脑洞大开呀！"

孟云说："是啊，姐妹们，你们没觉得有些冷吗？"

罗珍说："我被诗诗吓得浑身起鸡皮疙瘩。人家好好的一个女孩子，怎么突然就变成疯子了。"

陈诗说："你们真的没听说她有病吗？那为什么单位没人给她介绍男朋友呢？"

李湘说："这么多年也没见她发过病呀。"

孟云说："在真相未搞清楚之前，一切皆有可能。况且，我们也只是猜测而已。"

陈诗说："就是嘛。要不我们早点回去吧，天阴下来了，这风吹在身上，还真有些冷呢。"

罗珍看了一眼手机说："时间不早了，是该回去了。本来挺开心的，怎么现在感觉怪难受的。"

孟云边收拾东西边轻叹道："人心难测，世事难料呀！"

其他三人也都感叹道："是啊，谁会想到一个小姑娘竟然做出这种事情来，还死不开口……"

回去的路上，她们四个人又开始了她们的猜想与争论，可钱到底哪儿去了呢？大家还是不得而知。她们唯一确定的是，余果必将为她的行为付出沉重的代价。

后　记

经过断断续续几个月的修改与整理，所有的文稿总算初步编纂成集。看着薄薄的一本集子，心里蓦然有些许的兴奋与成就感，这毕竟是自己的第一本小说集。经过几个月的伏案工作，我深切地体会到，写作不光是一种脑力劳动，同时也是一种体力劳动。在平日的创作中，脑海里面一旦有了灵感与好的构思，就要及时记下来，不光要记下来，还要不断地整理、修改与打磨，而这种整理、修改与打磨的过程需要付出辛勤的劳作与极大的耐心。如果想成为一个真正的作家，将创作当作自己毕生的理想与追求，除了天生的才情与灵性之外，还要有坚强的毅力与不屈不挠的坚守精神才行。

在当今这样一个物欲横流的大环境中，要想坚守自己热爱文学、热爱艺术的本心谈何容易。记得巴尔扎克在他的小说《贝姨》里面，塑造了一个年轻而性格软弱的雕塑家的形象，特别是文章里面有一段话，可以说道出了作家本人的心声，大意就是：作为一个艺术家，不光需要有天生的才情与灵性，更需要后天的不断努力与辛苦劳作。创作一个杰出的艺术品，如同母亲孕育一个婴儿，非得付出最多的心血与汗水不可。自己刚开始写东西的时候，更多的是一种内心的倾诉与宣泄。随着对文学与写作理解与认识的不断加深，我反而觉得下笔越来越艰难，内心的困惑也越来越多。不过只要心中还有对文学的热爱与痴迷，我就会坚持不懈地探索与追寻下去……

可能是因为才疏学浅，故而写作的时候我常常会感到力不从心，幸而这么多年结识了不少良师益友，得到他们持续不断的鼓励与帮助。特别是这次出版小说集，不光得到了王腊波老师的推荐与帮助，罗光胜和蔡先进两位老师也多次帮忙献计献策，好友王金地老师更是帮忙校对，甚是辛苦。还有平时不断给我鞭策、鼓励与帮助的周娴主席及其他良师益友，在此一并感谢！

此为后记，与大家共勉。

朱海珍

2023 年夏